DE LA MÊME AUTRICE

AUX ÉDITIONS VERTICALES

Tout le monde n'a pas la chance d'être orphelin *(préface de Serge Klarsfeld), 2002*

C'est maintenant du passé, *2009*

Detroit, dit-elle (Économies de la survie), *2016*

CHEZ D'AUTRES ÉDITEURS

En famille, *roman, Phébus, 2005*

Le journal de Yaël Koppman, *roman, Sabine Wespieser Éditeur, 2007 ; Pocket, 2009*

Les arbres ne montent pas jusqu'au ciel, *roman, Albin Michel, 2012*

L'économie pour toutes, *essai (avec Jézabel Couppey-Soubeyran), La Découverte, 2014*

Nous sommes deux, *roman, Albin Michel, 2016*

ROMANS ET ALBUM JEUNESSE

La colère de Jules, *Thierry Magnier, 2012*

Jusqu'au bout du secret, *Thierry Magnier, 2014*

La sixième, Dinah et moi, *Nathan, 2014*

Le courage d'être moi, *Nathan, 2018*

Petit Sidney a perdu sa maman, *Didier, 2018*

bord de mère

marianne rubinstein

bord de mère

verticales

« La question qui m'intéresse est celle de tout ce qui n'est pas dit ; comment cela nous affecte-t-il ? Jusqu'à quel point nos sentiments sont-ils colorés par cette plongée souterraine ? Un sentiment a-t-il une quelconque réalité ? »

Virginia Woolf

« Femmes qui dormez dans le pollen des fleurs »

René Char

1.

Tu décides d'écrire un livre sur l'émancipation des femmes, du point de vue de ta génération, celle qui n'a pas fait grand-chose, bénéficiant des combats remportés par nos mères, s'étonnant parfois de l'âpreté de ceux de nos filles.

Puisque c'est ce point de vue que tu choisis, tu partiras de l'année 1966, celle de ta naissance, deux ans avant 1968 (pas besoin d'être fort en calcul mental pour ce type de remarque – les filles et les maths, c'est un sujet, tu y reviendras).

1966, avec un 9 et deux 6, cela fait presque 666, un nombre magique, un nombre qui symbolise la Bête de l'Apocalypse. Tu viens de l'apprendre, mais tu te souviens en revanche qu'à l'adolescence, celles nées en 1966 se vantaient d'être Cheval de feu en astrologie chinoise, soit fougueuses et tempétueuses à l'extrême, ce qui ne te concernait pas (née en janvier, tu étais Serpent, un signe moins flamboyant dans l'imaginaire occidental). Tu ne te rappelles pas si tu savais déjà que ces années Cheval de feu sont marquées, en Chine et au Japon, par une baisse significative de la natalité, notamment des filles, réputées indomptables donc difficiles à marier.

Tu essaies de te repérer, de comprendre l'époque, et tu constates avec étonnement que les femmes de la génération de ta mère étaient particulièrement jeunes pour avoir des enfants : entre 1910 et 1974, l'âge des mères à la naissance du premier enfant est passé de vingt-cinq à vingt-quatre ans et c'est ensuite, à partir de 1975 (loi Veil, notes-tu), qu'il remontera pour atteindre vingt-huit ans et demi en 2015. Nos mères, celles de la deuxième grande vague féministe, celles qui gagnèrent le droit de maîtriser leur fécondité après la première vague qui avait gagné celui de voter, remportèrent ce combat alors qu'elles étaient entourées de marmots. Une étude sur les femmes nées entre 1917 et 1949 montre d'ailleurs que c'est précisément la génération de ta mère, née dans la première moitié des années 1940, qui eut ses enfants le plus tôt, et de la manière la plus rapprochée. Cette génération est aussi celle où s'impose le modèle de la famille à deux enfants, celle où il est particulièrement rare (plus rare qu'auparavant, plus rare qu'ensuite) de ne pas avoir d'enfants, seule une femme sur dix née dans ce début des années 1940 étant, selon le terme consacré, « nullipare ».

Ta mère est donc représentative de ces mères de la fin des années 1960 : elle est jeune, elle a deux enfants, et le carcan patriarcal dans lequel elle est née (avant le droit de vote des femmes) et dans lequel elle s'est mariée (lorsque les femmes n'avaient le droit ni d'avoir un compte en banque, ni de disposer librement de leur salaire, ni de cogérer avec le mari les finances et le patrimoine du ménage) commence à lui courir sérieusement sur le haricot.

Lorsque tu es née, il y avait de la neige partout dans Paris, cela, ta mère te l'a raconté. Aragon le mentionne aussi dans *Blanche ou l'oubli* – un livre que tu as parcouru avec ennui et c'est peut-être pour ça que tu as été particulièrement attentive à la météo –, précisant qu'il faisait mauvais l'été 1965, surtout sur la Côte d'Azur, un temps caniculaire le 8 octobre 1965, transformant la piscine Deligny en grenouillère, et très froid et enneigé à partir de la nuit du 10 janvier 1966, un froid que n'avait pas connu la France depuis 1873 (tu as vérifié : le mercure resta au-dessous de zéro pendant dix jours). Sur les images qu'on trouve sur Internet, on voit des skieurs sur le Champ-de-Mars ou le toit du Printemps Haussmann, et des voitures sous vingt centimètres de neige.

À l'inverse, lors du tournage des *Demoiselles de Rochefort* au printemps-été 1966, il fait très chaud, et les sœurs Dorléac s'épuisent à répéter sous le soleil. Pour toi aussi, même si tu n'as que quelques mois, c'est une autre époque : tu as déjà passé ton premier mois à l'hôpital sans que l'on sache si tu es normale ou pas, puis une autre semaine pour un de ces multiples examens qu'il te faut subir car, décidément, on est inquiets, et c'est seulement l'été que tu reprends des forces et le cours normal de l'existence – l'été en Bretagne chez tes grands-parents adorés, où tout le monde est enfin rassuré.

Mais revenons à ce début 1966, et même un peu avant, puisque Antoine Compagnon, dans son cours au Collège de France sobrement intitulé « 1966 », fait commencer l'année 1966 en septembre 1965. Quelle aubaine, t'es-tu dit d'abord, un cours sur l'année 1966, avant de l'écouter en version accélérée pour ne pas t'agacer du débit lent de Compagnon, de son élocution bourgeoise et du léger sifflement qu'il imprime aux *s*. C'est là que tu as déniché cette référence d'Aragon qui, à défaut de te donner l'esprit du temps – le narrateur, déjà vieux, est plongé dans ses souvenirs –, t'en a donné la météo.

Bref, 1966, dit Antoine (pas celui qui chantait cette année-là qu'il refusait de se faire couper les cheveux, l'autre donc), c'est l'*annus mirabilis,* ce qui ne veut pas dire, comme tu le crois d'abord, année misérable, mais plutôt année magique, année prodigieuse, année miracle : « 1968 a commencé en 1966, 1966 est beaucoup plus importante que 1968, il n'y aurait pas eu de 1968 sans 1966, ce qui peut avoir l'air d'une lapalissade.» Mais pourquoi, s'interroge Antoine, 1966 est-elle l'année séminale de notre modernité?

En vrac: parce que c'est l'année de la première élection présidentielle au suffrage universel direct depuis celle de 1848 où seuls les hommes avaient eu le droit de voter; parce que c'est l'année de *Masculin Féminin* de Godard, des *Choses* de Perec (à l'automne 1965), après *Les mots* de Sartre (à l'automne 1964) et avant *Les mots et les choses* de Foucault (printemps 1966); parce que démarre à ce moment précis, selon le sociologue Henri Mendras, une seconde révolution française d'une vingtaine d'années, après celle de 1789-1815 (excusez du peu), qui se caractérise par le fait qu'on fait moins d'enfants et qu'on travaille moins; parce qu'en juin 1966, Lucien Neuwirth dépose son projet de loi légalisant la contraception orale, qui sera adopté en décembre 1967 et fera chuter drastiquement, en dix ans, le nombre de naissances non désirées et/ou non planifiées et/ou «on n'y pensait pas», qui représentaient en 1968 41% des naissances, dont 11% clairement non désirées; parce que François Mitterrand évoque pour la première fois en public à la télévision le problème de la contraception et que le général de Gaulle en serait tombé de sa chaise, n'en revenant pas que l'on puisse aborder un tel sujet lors d'une campagne présidentielle; parce que la France entre enfin dans la société de consommation après ces temps difficiles de l'après-guerre qui donnaient l'impression de s'être prolongés jusqu'en 1962 et aux accords d'Évian ; parce que l'État adopte, sous l'égide de Paul Delouvrier, un schéma d'aménagement et d'urbanisme de la région parisienne qui crée les villes nouvelles ; parce que la moitié des ménages français est désormais équipée d'un téléviseur, contre moins du quart trois ans plus tôt ; parce que « c'est le moment du transistor, de la mobylette et du briquet jetable », de la création de nouvelles collections de livres de poche, de l'arrivée des enfants du baby-boom dans les universités et de l'augmentation conséquente du nombre d'enseignants ; enfin, parce que c'est la fin de cette incapacité juridico-économique de la femme mariée instituée par le Code civil de 1804 et qui interdisait, jusqu'au 1er février 1966, aux femmes de travailler sans l'autorisation du mari, de gérer leurs biens propres de façon autonome et même d'ouvrir un compte en banque (ta mère te racontait d'ailleurs sa révolte lorsqu'elle s'était heurtée à cette dernière interdiction alors qu'elle était la seule du couple à travailler, ton père étant encore étudiant).

Tu ne contestes pas toutes ces raisons de qualifier 1966 d'*annus mirabilis*, mais tu voudrais en ajouter une : 1966, c'est l'année du tournage des *Demoiselles de Rochefort*. *Les demoiselles de Rochefort*, comme *Les parapluies de Cherbourg*, est un film sur la vie de province, une province endormie que réveille momentanément l'arrivée des forains, sauf que Delphine et Solange, les demoiselles, n'ont rien de commun avec la Geneviève des *Parapluies*. Geneviève n'a ni esprit ni ambition professionnelle, elle aide sa mère au magasin familial et finit par épouser sans amour le riche Roland Cassard grâce à sa beauté de madone (« vous ressemblez, mademoiselle, à cette vierge à l'enfant que j'ai vue à Anvers », lui chante-t-il), tandis que Delphine et Solange sont libres, indépendantes, impertinentes et tellement drôles avec leurs chapeaux extravagants et leurs réflexions décalées. Et puis si elles cherchent l'amour, cela ne les empêche pas de travailler leur art – Solange compose et Delphine danse –, de gagner leur vie, et de chercher à s'accomplir professionnellement en « montant » à Paris. Michel Legrand disait qu'avec Jacques Demy ils avaient voulu faire le film du bonheur, que *Les demoiselles de Rochefort* avait été leur projet le plus joyeux.

Et c'est réussi car il y a de la joie et du bonheur dans l'air, avec cette belle lumière dorée de la côte atlantique dont tu profites aussi, à Carantec, chez tes grands-parents adorés.

2.

Les années filent, 1970 pointe déjà son nez. Tu as l'impression de passer du noir et blanc à la couleur. Certes, la palette de tes souvenirs est conditionnée par ces photos que tu as si souvent regardées, mais il te semble aussi qu'avec l'arrivée des années 1970, une certaine raideur disparaît, raideur que tu associes à ces dégradés de gris.

Tu te souviens de la mort du général de Gaulle, même si tes parents étaient tout sauf gaullistes. Longtemps, ils conservèrent même un journal où on les aperçoit dans une manif en 1968, petites têtes minuscules perdues dans la foule comme dans un dessin de Sempé dont vous aurez bientôt *Rien n'est simple* et *Tout se complique* en poche, offerts par une chaîne de stations-service (tu ris toujours en revoyant *L'emmerdeur*, lorsque Jacques Brel refuse de s'arrêter à la pompe à essence parce que ce n'est pas une station Fina, rendant dingue Lino Ventura qui voit l'aiguille du réservoir à zéro ; toi aussi, tu as guetté les stations Fina, grâce auxquelles vous aurez un matelas pneumatique pour jouer dans l'eau).

Dans ta mémoire, la mort du vieux général est liée à celle d'un autre Charles, ami proche de ton père, qui vient de se suicider. Ce Charles-là, lorsque tu étais gardée par sa femme et qu'il rentrait du travail, prenait tes petites mains dans les siennes tandis que tu mettais tes pieds sur ses immenses chaussures noires, et vous avanciez pas à pas, ce qui te transportait d'aise (l'expression est désuète, mais c'est celle qui te vient).

Tu étais une toute petite fille angoissée, hurlant dans son lit à barreaux qu'elle ne voulait pas mourir et croyant *vraiment* que son père allait la jeter dans la Seine lorsqu'il la tenait sur le parapet et faisait mine de la pousser. Tu étais une toute petite fille fatiguée, préférant la poussette à la marche lorsqu'elle avait le choix pour remonter la rue de ses grands-parents. Désormais, tu as pris des forces, tu deviens vigoureuse. Avec ta mère et ton frère, tu aimes chanter « Gibidi, gibida, on dit qu'elle est malade, gibidi, gibida, on dit qu'elle en mourra, wouah ! » ponctué par un saut joyeux.

Tu habites une résidence à Antony, au huitième étage d'un immeuble de douze. Tous les stores extérieurs des appartements sont orange. C'est à eux que ton frère, de vingt mois ton aîné, se tient lorsqu'il marche sur le rebord de la fenêtre de votre chambre tandis que tu le regardes, terrifiée qu'il puisse tomber. Toi, tu rêves de voler, mais seulement quand tu es en bas et que tu montes sur un banc. Tu bats des bras de plus en plus vite, en visant le sommet des immeubles, tu sautes, et tu es toujours déçue de te retrouver sur terre. Tout près de ton immeuble, il y a un square avec une échelle horizontale suspendue dont il s'agit d'attraper successivement les barreaux. Ta meilleure copine Nathalie y arrive (les filles de ta génération s'appellent souvent Nathalie, Isabelle ou Sylvie), toi non. Tu ne te tortilles pas en biais avec suffisamment de vigueur pour en saisir un puis l'autre sans t'arrêter. Tu perds ton élan et là, c'est foutu, le suivant est inatteignable, il ne te reste plus qu'à lâcher et à tomber lamentablement sur le sol. Tu ne sais pas que plus tard, tu repenseras à cette échelle dans les moments difficiles de ta vie, lorsqu'il s'agira, mentalement cette fois-ci, d'attraper l'un après l'autre les barreaux sans lâcher, sans s'affaler.

Sur ton tricycle rouge, au retour de l'école, tu passes devant la descente des caves, si raide qu'elle est rythmée de stries pour éviter de glisser et qui se termine par un mur, la porte d'accès étant à angle droit de la pente. Chaque fois, tu t'exhortes, mais tu n'as pas le courage d'y aller. Tu sais que c'est dangereux. Un jour où tu as pris de l'avance sur ta mère et ton frère, tu te lances. Derrière toi, des hurlements. Le choc est si rude qu'il t'en restera une bosse des années durant. Ce dont tu te souviens :

ton sentiment de bien-être, la joue sur le tissu orange un peu rugueux du canapé du salon, et ta mère, ta mère si inquiète pour toi (tu as le sentiment que c'est la première fois) qui t'applique un gant froid sur le front.

En face de la résidence, il y a un Spar où tu dépenses ton argent de poche en illustrés et en bonbons. Le malabar est à dix centimes, le carambar à cinq. Lorsque ton frère et toi achetez plusieurs numéros du même *Pif Gadget* parce que vous adorez le gadget de la semaine – les pois sauteurs –, vous vous faites gronder : on ne dépense pas son argent n'importe comment ! Le weekend, tes parents jouent au tennis. Ils ont appris il n'y a pas longtemps. Quand ils sortent le soir, ton frère et toi savez vous garder. S'il y a un problème, vous descendrez au quatrième étage, chez les parents de Nathalie, où il y a ces chamallows délicieux, une sucrerie que tes parents refusent d'acheter.

Il y a aussi des jours où ton frère va jouer dans le terrain vague, tout seul. Toi tu es trop petite, d'autant qu'il doit « payer » son entrée, apporter des bananes ou autre chose pour se faire accepter. Bientôt, tu entends que c'est dangereux, tes parents ne veulent plus qu'il y aille. Tu sais qu'il ne faut pas accepter des bonbons d'inconnus, ni monter dans leur voiture. À part ça, vous êtes libres, vous allez au square, au Spar, vous rentrez seuls de l'école maternelle qui est à deux pas. Ta mère, comme ton père, travaille à plein temps. C'est pourtant elle qui fait les courses, les repas, qui s'occupe de l'école, qui repasse. Ton père, lui, va au marché le dimanche matin avec ton frère et toi. Il achète un poisson que tu trouves rigolo parce qu'il est tacheté de pois rouges, comme des gommettes.

Aux vacances d'hiver, vous partez au ski. Ton père skie les fesses en arrière, ta mère est plus à l'aise. Tous deux y mettent autant d'entrain qu'au tennis. « Vous ne savez pas la chance que vous avez de pouvoir apprendre si jeunes. » Tu sais surtout que tu as froid aux pieds et que si tu serres les poings à l'intérieur de tes moufles, cela réchauffe le bout des doigts. À la fin de la journée, lorsqu'il faut rentrer à l'appartement, tes chaussures sont raides et lourdes et tu es soulagée quand ta mère t'aide à porter tes skis. Parfois, tes grands-parents viennent aussi, eux qui n'ont jamais pris de vacances. Sur le sol couvert de neige, ils marchent prudemment, ils ont peur de tomber. Le soir, vous jouez aux cartes tous ensemble.

Tu es à la neige lorsque vous allez voir *Peau d'âne* au cinéma, à l'hiver 1971. Voir la reine dans son cercueil transparent, sous la neige qui tombe dans la vie comme dans le film, te terrifie. Mais très vite, tu es éblouie par la princesse, par ses robes couleur de ciel, de lune et de soleil. Tu voudrais une marraine comme la Fée des lilas.

Tu es trop petite pour savoir que la Fée des lilas du film, Delphine Seyrig, est une des pionnières du combat pour la légalisation de l'avortement. Avec Peau d'âne / Catherine Deneuve, Gisèle Halimi et Simone de Beauvoir, elles font partie des 343 femmes ayant déclaré avoir avorté dans le *Nouvel Observateur* du 5 avril 1971. Une semaine plus tard, *Charlie Hebdo* titre : « Qui a engrossé les 343 salopes du manifeste sur l'avortement ? », avec une caricature de Michel Debré, farouche opposant à la légalisation de l'avortement comme il l'avait été à celle de la pilule, qui répond « C'était pour la France ! » L'expression « manifeste des 343 salopes » est immédiatement adoptée dans la France entière, souvent sans l'ironie de *Charlie Hebdo*. Toi aussi, tu l'entendras plus tard. En attendant, c'est chez Delphine Seyrig qu'a lieu, en août 1972, la première démonstration de la méthode Karman, une technique d'avortement par aspiration qui peut être pratiquée hors du cadre hospitalier. Bientôt, les militantes du MLAC s'en emparent et la pratiquent à domicile, tandis que les décès liés à l'avortement chutent, l'aspiration étant beaucoup moins dangereuse que le curetage, où l'on risque une perforation du col de l'utérus ou une infection qui peut rendre stérile ou tuer.

Ce que la Fée des lilas n'a pas besoin de te rappeler, même en chantant, c'est que « l'on ne marie pas les filles avec leur papa » : tu n'as jamais compté épouser le tien. S'il est triste et taciturne, c'est à cause de son enfance cabossée par la mort de ses parents, « parce qu'ils étaient trop juifs » comme tu le dis toi-même, exprimant peut-être ton désir de ne pas l'être trop. Tu préfères te tenir loin de son malheur. Lorsqu'il te demande de lui faire un « tour du cou » le soir, c'est-à-dire de l'embrasser sur la joue en enlaçant son cou, tu n'y consens qu'à la condition qu'il te caresse les pieds. Surtout qu'il pique, c'est désagréable. « Papa poule », le mot n'existe pas encore, de toute manière il n'y en a pas autour de toi, sauf peut-être tonton Marcel avec sa fille. Eux aussi habitent Antony et il y a toujours du coca dans le frigo, alors que tes parents refusent d'en acheter.

Tu es consciente d'être une enfant gâtée : on t'a raconté qu'avant, on avait une orange à Noël, voire rien. Toi, tu as tout, y compris une poupée noire que t'a offerte Jacqueline, la jeune femme vietnamienne qui a grandi dans la même maison d'enfants que ton père, quand les orphelins vietnamiens ont remplacé les orphelins juifs. Même si tu les as mises toutes ensemble, ta poupée noire est très différente de tes poupées blanches, qui se distinguent surtout par leur coiffure, la couleur de leurs cheveux et celle de leurs yeux.

Autour de toi, les femmes travaillent. Il y a ta mère, l'ingénieure, qui rapporte des listings de son travail, ces accordéons de feuilles blanches perforées sur les deux bords et imprimées d'un seul côté, te laissant l'autre pour dessiner. Il y a ta tante, qui tient un magasin de matériel hi-fi, télévisions et disques à Morlaix, place des Otages, sous le viaduc. Il y a ta grand-mère adorée qui, bien qu'à la retraite avec ton grand-père, aide ton oncle au poulailler, à Carantec. C'est comme une déclinaison, il te suffit que l'une des trois soit là pour te sentir protégée. Elles se ressemblent oui et non. Elles sont rapides, toujours en mouvement, efficaces. Elles font dix trucs en même temps. Mais ta mère, qui a dix ans de moins que sa sœur, est beaucoup plus moderne, plus belle aussi, mais quand même un peu moins belle que Peau d'âne, dont tu envies la chevelure somptueuse. Tes cheveux sont bruns, coupés très court. Tu les voudrais plus longs, comme ta copine Nathalie, mais ta mère trouve ça plus joli ainsi. Tu as toujours un épi en haut du crâne. Autour de toi, tu ne vois aucune femme se coiffer, sauf ta grand-mère avant de sortir, quand elle enlève sa blouse et brosse rapidement les crans que lui a faits le coiffeur.

Revisionnant *Peau d'âne* pour l'écriture de ce livre, tu es surprise par les mots qui concluent le film : « Le conte de Peau d'âne est peut-être difficile à croire, mais tant que dans le monde on aura des enfants, des mères et des mères-grands, on en gardera la mémoire. » Tu es touchée par cette évocation de trois générations, car c'est ce que tu vas essayer de faire ici, mais en même temps, tu trouves ça gonflé, en ce début des années 1970, de reléguer les seules femmes aux tâches domestiques – ici le soin des enfants. Ce n'est qu'après coup que tu t'aperçois que ce sont les derniers mots du texte de Perrault, paru en 1694.

3.

Fuyant le métro-boulot-dodo de la banlieue parisienne – une expression qui surgit au printemps 1968 –, tes parents s'installent à Manosque en 1972. Six ans déjà que Jean Ferrat chante la beauté de la montagne qui contraste avec la tristesse des banlieues où l'on rentre dans son HLM manger du poulet aux hormones. Cette chanson, tu vas bientôt l'apprendre par cœur à l'école, sans comprendre qu'elle saisit tout à la fois la fin du monde paysan et la périurbanisation des années 1960, ce développement massif des banlieues autour des villes qui concentrent le gros de la croissance démographique. En 1973, Jean Ferrat lui-même quitte Paris pour Antraigues, comme tant d'autres qui veulent réinvestir les campagnes, inventer une nouvelle vie et, pourquoi pas, élever des chèvres et vendre leur fromage au marché.

À Antony, tu n'habitais pas un HLM mais une résidence où vivaient surtout des cadres. Tu étais trop petite pour percevoir l'homogénéité sociale, mais tu vas la comprendre rétrospectivement, en arrivant à Manosque, le « pays de Giono ». Tes parents font d'emblée le choix de s'installer à la campagne plutôt qu'aux Mûriers, un lotissement de petites maisons individuelles près de ta nouvelle école, peuplé d'ingénieurs et inspiré par l'architecture de Le Corbusier. Toi, tu aurais rêvé d'y habiter, car vos voisins paysans qui ont des enfants de votre âge vous regardent avec méfiance et leur interdisent de venir jouer chez vous. Pour la première fois, ton frère et toi ne partagez plus la même chambre. Tu le regrettes, même si vous continuez de prendre le bain ensemble. À l'école, tu découvres les Arabes, sans comprendre la différence entre les enfants des harkis du bidonville et ceux des immigrés du centre-ville. C'est plus tard, lorsqu'il y aura de violentes rixes entre les uns et les autres, que tu les distingueras. Tu ne sais pas non plus que le bar *L'Oasis* s'appelle ainsi en référence à l'OAS, et que les Arabes n'en franchissent jamais le seuil. Cela aussi, tu le comprendras plus tard, quand le phénomène se généralisera dans la première moitié des années 1980, et que le patron du café chic de la porte Saunerie, *Le Grand Paris*, dont tu connais les filles, se fera tirer dessus à la carabine par un « jeune Algérien, né en France » car, selon le journal *Le Monde*, « depuis quelques mois, certains bars refusent leur accès à des jeunes d'origine maghrébine ». Grâce au compte-rendu de quatre pages de ta dernière maîtresse de maternelle à Antony, tu entres directement en CE1 à l'école la plus proche. Cette extraordinaire maîtresse (tu l'adorais) a fait le bilan détaillé de tout ce que tu as eu le temps d'apprendre en quatre ans, puisque tu as commencé l'école l'année de tes deux ans, ce qui a enfin résolu les problèmes de ta garde. Tu sais lire, écrire, compter, observer, faire des déductions logiques, etc. Dans les exercices mathématiques, ton intuition apparaît « nettement au-dessus de la moyenne » et même si tu es « une enfant extrêmement sensible et délicate », tu as « une maturité émotionnelle suffisante et une autonomie telle que [tu n'as] pas besoin à chaque instant d'approbation, de permission, d'encouragements ». Bref, on te voit partir « avec beaucoup de chagrin », un chagrin que tu partages. Ta nouvelle maîtresse est sévère, qui tape sur les doigts des élèves dissipés avec une règle et exige que vous écriviez à la plume, trempée dans l'encrier en haut à droite du pupitre. Tes cahiers sont sales, maculés de taches, contrairement à ceux des autres élèves qui ont été initiés à la plume l'année précédente. Ta mère obtient bientôt que tu aies le droit d'écrire au stylo. À la récré, certains enfants doivent porter dans le dos des pancartes en carton où il est écrit « je suis un voleur » ou « je suis un menteur ». Ce sont toujours des Arabes ou des Gitans, comme tu le dis à ta mère, qui prend immédiatement rendez-vous avec le directeur et lui fait un scandale. À la cantine où tu déjeunes chaque midi, tu goûtes pour la première fois aux pois chiches, que tu n'aimes pas, et au couscous, dont tu raffoles. À Noël, on distribue des bonbons particuliers qu'on appelle des papillotes, entourés de papier doré, dans lesquels il y a des pétards ou des blagues. Dans la cour, les garçons s'amusent à soulever les jupes des filles, à toucher leur culotte. Il t'arrive encore de cauchemarder que tu oublies d'en mettre une. De toute manière, tu préfères les pantalons aux jupes : tu en as un « peau de pêche » doux au toucher, et un jean pattes d'eph, aux broderies fleuries, choisi avec ta mère au Prisu.

Tu sais jongler en réalisant des figures de plus en plus compliquées à mesure que diminue le nombre de répétitions obligatoires (dix fois avec les deux mains balle contre le mur, neuf fois avec les deux mains balle en l'air, huit fois avec les deux mains balle qui passe dans le dos puis contre le mur, sept fois avec une seule main balle en l'air, etc.) et jouer à l'élastique en psalmodiant Mi-ssi-ssi-ppi.

Tu te sens un peu différente, étant la seule à combiner le fait de ne pas être baptisée, de ne pas aller au catéchisme, d'avoir un nom compliqué et une mère qui travaille à plein temps. Tu n'as pas besoin de savoir qu'en 1974 le taux d'emploi équivalent temps plein des femmes de trente ans est inférieur à 45 % tandis que celui des hommes du même âge est supérieur à 90 % pour t'apercevoir que la plupart des mères de tes copines sont femmes au foyer. Quand, dans la cour, on te demande si tu es catholique ou protestante, tu réponds « protestante », parce que dans protestante il y a protester et que tu ne sais pas quoi dire. Ce que tu sais, c'est que ta grand-mère adorée croit en Dieu et va à la messe, que ta mère a fait sa première communion, que tes autres grands-parents étaient juifs, que tes parents ont choisi de vous élever sans religion. Tu aimerais aller au catéchisme comme les autres et recevoir une gourmette en argent avec ton prénom gravé dessus pour ta première communion.

Ta mère refuse que tu aies des Barbie, ce n'est pas une image de la femme sur laquelle se construire, ce qui ne t'empêche pas de penser qu'il n'y a rien de plus beau qu'être blonde aux yeux bleus, avec des cheveux longs, même si tu es brune aux yeux marron. Au moins n'as-tu plus les cheveux courts, mais coupés au carré, ou à la Stone. Tu n'as pas non plus de maillot deux pièces, juste des slips de bain, alors que tu aimerais porter un haut comme les autres filles, surtout lorsque tu vas à la piscine municipale en face de ton école. Par chance, tu as deux cousines germaines plus âgées dont tu récupères parfois les affaires. De l'une, tu hérites un joli maillot deux pièces qui se range dans un petit sac du même tissu (encore aujourd'hui, tu te souviens de ton désespoir lorsque tu as perdu la brassière). De l'autre, tu espères les Barbie avec lesquelles elle ne joue plus, qu'elle finit par donner à une cousine plus éloignée dans votre parenté, mais orpheline. Tu aurais préféré que prévale le critère de la proximité familiale plutôt que celui du malheur. À ton frère, on interdit les imitations plastique d'armes à feu : « la guerre, c'est bien trop triste pour devenir un jeu », dit ton père.

À la fête des Mères, vous offrez une yaourtière, un service à asperges ou un presse-orange. Ta mère fait désormais partie d'un « groupe femmes » où elle discute, le soir, avec d'autres femmes de leurs expériences de femmes. Ton père ironise sur cette nécessité nouvelle. Il s'agace aussi que ton frère et toi soyez des « petits-bourgeois » qui ne mesurent pas leur chance de vivre comme ils vivent, et notamment de pouvoir apprendre la musique. Tu es nulle en solfège, tu as même réussi l'exploit de tripler ta première année. En violoncelle, tu passes chaque année de justesse, sauf la fois où ton père n'assiste pas à ton examen et où tu obtiens le premier prix de ton niveau. Le disque que tu reçois en récompense, tu le lui offres quand il revient. À la maison, il joue de l'orgue électrique et sa nouvelle occupation, à côté de son métier de cardiologue dans un centre de soin, est de transformer un harmonium en orgue en fabriquant les tuyaux manquants. Ta mère pratique toujours aussi assidûment le tennis, et ton frère et toi restez autour du terrain, sans jamais exprimer le désir de vous y mettre. Charles, un nouvel ami de la famille, vient souvent à la maison et tu l'aimes bien, mais un jour qu'il sonne à la porte, tu lui demandes de partir. Tu ne sais pas très bien ce qui t'a pris. Tu finis par céder à ta mère qui t'oblige à t'excuser, ce que tu fais en hoquetant au téléphone. D'habitude, tu n'as pas la tête si dure.

Vous passez toutes vos vacances d'été à Carantec, chez vos grands-parents, tandis que vos parents profitent de leurs deux ou trois semaines de congés payés d'été pour faire un grand voyage. À leur retour, tu adores le moment du déballage des cadeaux pour vous : une djellaba, un bracelet, du rouge à mettre sur les joues. Une fois, ils rapportent un gros lézard qu'on appelle un gecko, qu'ils ont attrapé et réussi à dissimuler au passage de la douane. Vous le déposez délicatement dans le vivarium à la maison et capturez une mante religieuse pour lui tenir compagnie. Quelques jours plus tard, le gecko s'est fait dévorer par la mante religieuse, pourtant dix fois moins épaisse que lui. À voir leurs tailles respectives, jamais vous n'auriez cru cela possible. C'est une confirmation manifeste, bien qu'effrayante, de la puissance du féminin, sur laquelle tu n'avais d'ailleurs aucun doute.

Pour que ta grand-mère ait « juste » la charge des courses et des repas, ta mère vous inscrit les deux mois d'été au Club Mickey, sur la plage. Ton grand-père te semble de plus en plus fatigué. Il a commencé à travailler très jeune et il a fait la Première Guerre mondiale. Tu t'es fait une idée de l'horreur de la guerre en insérant des plaques de verre dans un vieil appareil en bois caché dans une commode, à l'étage. Plaquant tes yeux sur les binocles, tu as découvert des photos en relief de mouvements de troupes, et d'hommes qui s'effondrent, mitraillés. Il est interdit de les regarder, mais ton frère, tes cousins, toi, tout le monde le fait. Quatre ans avant ta naissance, il a eu une attaque (on ne dit pas encore AVC) dont a résulté une hémiplégie qui l'a transformé d'un seul coup en vieillard. Pour ta mère qui n'avait que vingt-deux ans et adorait son père, ça a été un choc terrible. Toi, tu ne l'as connu que comme ça et tu es habituée à ce que ce soit ta grand-mère qui édicte les règles, que tu ne cherches d'ailleurs jamais à transgresser. Lorsque tu étais petite, tu descendais encore avec lui jusqu'à la plage. Avec son Opinel, il décrochait des « brinics » du rocher et en découpait la chair crue que tu mettais dans ta bouche. Tu en aimais le goût et la texture, et il t'expliquait à cette occasion qu'au bord de mer, on ne meurt jamais de faim. À présent, il n'y va plus, c'est trop fatigant ensuite de remonter. Tu ne sais pas encore ce que ta mère t'expliquera plus tard, quand tu seras adulte : ton grand-père, pensant après son hémiplégie qu'il ne serait pas toujours là pour sa femme, lui a appris tout ce qu'elle ne savait pas faire et lui a transféré progressivement son autorité, et combien ta mère l'a admiré de ne pas s'accrocher au pouvoir pour compenser sa faiblesse : « À cette époque, c'était très rare, dira-t-elle, un homme capable de cela. »

À la plage, il y a un monsieur avec des cheveux blancs, une grande bouche et une grosse voix qui s'appelle Petit Jean. On le voit aussi autour de l'église, à vendre *Le Télégramme*. Tout le monde sait qu'il est débile. Contre un peu d'argent, il te demande de le suivre dans une cabine de bain car il a quelque chose à te montrer. Tu n'as pas très envie, mais ton frère te pousse à y aller, il surveillera de loin. Tu acceptes. Ça ne te plaît pas, ça te dégoûte même, cet énorme truc qu'il te demande de toucher, au milieu de son corps, à hauteur de tes épaules. Tu racontes tout à ta tante, qui te dit d'aller te laver les mains, et à ta grand-mère, qui enlève sa blouse pour rendre visite à la mère de Petit Jean. À son retour, elle t'explique qu'il sera enfermé à l'asile si on porte plainte, et que sa vieille mère l'a suppliée de ne rien faire, promettant qu'elle veillerait à ce que ça ne se reproduise plus. Ta mère n'est pas là, mais par la suite elle s'emploie à dédramatiser. « La même chose est arrivée à tes cousines », dit-elle, omettant de préciser que s'il a proposé, elles n'y sont pas allées.

Ça ne changera rien au fait que les étés à Carantec sont des parenthèses enchantées où tu as toute liberté d'aller et venir, pieds nus ou en claquettes, avant de te laver les pieds à la cave dans la vieille bassine jaune et de monter à la maison.

4.

Monsieur Seguin, un paysan, a vendu à tes parents un terrain pour construire une maison à Pierrevert, à sept kilomètres de Manosque, ce qui est drôle parce que *La chèvre de Monsieur Seguin* était le conte préféré de ta mère. Enfant, c'était elle, la petite chèvre aventureuse qui s'était courageusement battue toute la nuit. Toi, tu l'as tant écouté avec la voix de Fernandel que tu connais par cœur sa manière de ralentir et d'articuler : « Alors le loup se jeta sur la petite chèvre et la mangea. » L'eau de la ville n'arrive pas jusqu'au terrain, mais qu'importe, ils se lancent, déposent un permis, construisent. La maison est terminée, la piscine aussi, mais le forage est un échec : il n'y a pas d'eau. Vous emménagez quand même et vivez quelque temps avec des jerricans, le temps de construire un puits qui fonctionne (tu y repenseras plus tard, lorsque tu verras le *Jean de Florette* de Claude Berri).

Le dimanche, vous allez voir Charles, ta mère, ton frère et toi, mais ton père ne vient pas. Vous n'évoquez jamais ce jour où tu l'as mis à la porte. Tu l'aimes bien, il est plus souriant et moins taciturne que ton père. En classe de neige où tu passes un mois, à l'hiver 1976, il t'écrit des lettres, il t'envoie un colis. Tu es intriguée par les salles de bains de sa maison de La Brillanne, qui ont les mêmes carreaux que les vôtres à Pierrevert. La maison de Charles te semble attendre quelqu'un, ta mère peut-être et vous deux, ses enfants, puisque vous êtes inséparables tous les trois. C'est chez Charles que vous apprenez la mort de Claude François, en mars 1978, ce qui vous fait hurler de joie, comme si c'était votre victoire personnelle sur le mauvais goût. En chanson française, tes parents écoutent Barbara, Gréco, Vian, Brassens, Reggiani, Mouloudji. Toi, tu adores les émissions de Maritie et Gilbert Carpentier, mais Cloclo, tu affirmes le détester. Contrairement aux filles de ton école de Manosque, tu n'as jamais su danser comme les Claudettes. Dans la nouvelle maison encore plus éloignée de tout, tu t'ennuies ferme. Tu voudrais vivre près des autres, en ville, dans une cité ou une résidence, avec le bruit des voitures en bas et l'éclairage des réverbères à travers les rideaux.

En 1976 en Bretagne, l'été est chaud, la mer est bonne. Tu es à mille lieues d'envisager que dans cinquante ans, cette chaleur deviendra banale, comme tu es à mille lieues d'imaginer ce que pourrait être la vie après l'an 2000. Circulent à ce sujet toutes sortes d'hypothèses : Ne se nourrira-t-on que de pilules ? Aura-t-on des voitures volantes, ou amphibies ? Pourra-t-on se télétransporter en quelques secondes là où on le désire, comme dans *Ma sorcière bien-aimée* ? En vain, tu t'es entraînée à bouger le nez comme Samantha, la jolie sorcière blonde qui, par amour pour l'humain Jean-Pierre, est devenue une parfaite femme d'intérieur qui cuisine, élève sa fille Tabatha, reçoit les clients ou le patron de son mari. Tu es à mille lieues de comprendre qu'Endora, l'horrible mère de Samantha, a raison d'être déçue que sa fille ait épousé un simple mortel un peu nigaud et en soit réduite au rôle de bonne à tout faire. La vie de Samantha te semble désirable car elle arrive à retourner toutes les situations grâce à ses pouvoirs magiques et à préserver la carrière de son mari, à l'inverse de la petite sirène qui a sacrifié sa nature, ses pouvoirs et sa voix pour l'amour d'un ingrat, un prince même pas capable de reconnaître le véritable amour. « Amour, amour, je t'aime tant », chantait Peau d'âne dans le film de Jacques Demy, dont il t'arrive encore de rêver, lorsque tu regardes les photos des principales scènes grâce à une visionneuse rouge qui fait apparaître en relief les personnages et le décor. Tu aimerais le revoir, mais il ne passe jamais à la télé. De toute manière, ce serait moins beau, en noir et blanc et sur petit écran.

Tu as fini par contourner l'interdiction de ta mère pour acheter avec ton argent une poupée qui ressemble à une Barbie en beaucoup plus grande. Tu as acheté aussi le fiancé. Tu es trop vieille à présent pour jouer à la poupée, mais avec eux deux tu t'es raconté plein d'histoires d'amour. Dans le feuilleton *Les mystères de l'Ouest*, il y a toujours un moment où James West embrasse une dame, ce qui te fait dans le bas-ventre des chatouillis qui t'inquiètent un peu. L'été précédent, c'était la voix suave de Joe Dassin qui te faisait rêver lorsqu'il chantait *L'été indien*, « une saison qui n'existe que dans le nord de l'Amérique ».

Tu viens d'entrer au collège, et tu as refusé de choisir allemand première langue, sans doute par solidarité avec ce père auquel tu as du mal à parler (quand ton frère sera en seconde deux ans plus tard, tu seras déçue de voir arriver son correspondant allemand, seul petit brun de l'échange linguistique quand tu rêvais d'un beau et grand blond, sur la requête de ton père qui ne voulait pas d'un jeune homme trop aryen). Ta mère vous prend à la sortie du collège, à cinq heures (on ne dit jamais dix-sept heures). Elle revient du travail et elle est tous les soirs en retard, mais finit toujours par apparaître. Lorsqu'elle était enfant, personne ne l'accueillait à son retour de l'école car tout le monde travaillait. Pour elle c'était triste. Vous goûtez tous les trois. Ton père, lui, arrive vers six heures et demie (on ne dit jamais dix-huit heures trente).

Dans ta classe de sixième, la plupart ont déjà redoublé une ou deux fois. Tu es la plus jeune, mais tu es grande, et tu n'es jamais la dernière en matière d'insolence. Tes trois copines ont deux ans de plus que toi et se trouvent vite réglées. Elles disent « les Anglais arrivent » en gloussant. Toi, tu n'y comprends rien. Ton décalage t'isole. En cinquième, on te met avec des élèves plus sages. La première fois qu'un garçon veut sortir avec toi, tu refuses avec une brutalité dont tu estimes ensuite, dans un petit carnet, qu'elle était « bête ».

C'est la mode des talons compensés. Tu voudrais les mêmes que ceux de la fille de la mercière de la rue Grande, toujours soignée et bien coiffée. Tu la trouves magnifique. Tu es la seule à avoir des spartiates et on se moque de tes pantalons trop courts : il y a des inondations chez toi ? On t'appelle la hippie. Tu sais te défendre, être cinglante quand il le faut. On ne te cherche pas de noises. Tu as laissé pousser tes cheveux qui ont de jolis reflets auburn. Au creux de ta nuque, un énorme nœud : tu coiffes devant, tu oublies de démêler derrière.

Tu demandes à partir en colonie de vacances. Bien que tu n'aies pas encore douze ans, tu es plus grande que les monitrices et les garçons de la colo. Tu en reviens très complexée par ta taille. Tu as tendance à rentrer les épaules, à tenir le haut de ton dos légèrement voûté et le cou en extension arrière. Tes parents s'agacent de ta maladresse. Tu te cognes sans cesse.

Tu es maintenant trop vieille pour la Bibliothèque verte et la collection Rouge et Or où étaient publiés ces comtesse de Ségur que tu relisais sans cesse. Ta mère, qui ne voulait jamais t'acheter d'album de *Martine*, t'offre *Claudine à l'école* et *Claudine à Paris*, deux romans qui te passionnent. Depuis que tu as lu *L'herbe bleue*, tu as peur de devenir droguée, puisque d'après ce « témoignage » (qui n'en est pas un, mais tu ne le sais pas), il suffirait qu'on mette de la drogue à ton insu dans un verre de coca pour déclencher la spirale infernale. Dans une rédaction dont le sujet est « Comment les autres vous voient, comment vous vous voyez », tu réponds : « Les autres me voient toute pimpante, moi je me vois en haillons. »

Dans ton petit carnet, tu notes : « J'aimerais bien devenir écrivain. » En mai 1978, tu écris : « Grand-père est mort le 25 mai à 7 heures du matin. J'ai pleuré. Après, le lendemain et le surlendemain, je me suis bien amusée. » C'est sans doute un soulagement pour toi car deux semaines plus tôt, tu consignais : « En ce moment, j'ai un peu peur pour grand-père, je pense qu'il souffre beaucoup et qu'il vaudrait mieux qu'il meure. » Tu n'as pas lu Freud, mais tu sais déjà que les rêves expriment un désir : « Souvent mes rêves se réalisent ou sont quelque chose que je désire. » Par exemple : « Cette nuit, j'ai rêvé que j'avais eu 16 à une interro (une vraie que j'avais faite récemment). Il nous la rend demain. On verra si j'ai dit vrai. » Le lendemain : « J'avais mal rêvé. Je n'ai eu que 12 en biologie. »

Tu t'interroges sur l'existence de Dieu : « Je ne sais pas si je crois en Dieu. Je crois que si j'y crois c'est parce que j'ai peur, mais dans ma vraie raison je ne sais pas s'il existe. » Ce qui te fait le plus peur, c'est d'être atteinte d'une maladie mortelle qui grandirait insidieusement en toi. Selon ta mère, ces angoisses terribles et récurrentes proviennent de tes hospitalisations successives et surtout de la dernière, lorsque tu avais neuf ou dix mois. Car après ce premier été en Bretagne, il avait bien fallu te mettre à la crèche et tu avais attrapé une mastoïdite. Tu avais alors été hospitalisée une dizaine de jours en chambre stérile, sans voir ta mère ni personne, autant dire une éternité pour un nourrisson. À part ça, tu n'as pas de problèmes particuliers.

Au bord de la route, vit une famille avec une petite fille handicapée. Vous connaissez sa mère, qui a fait le ménage chez vous. Si cette petite fille est anormale, c'est parce qu'elle n'a pas crié tout de suite, que son cerveau n'a pas été oxygéné assez vite. Le soir, passant devant chez eux en voiture, vous la voyez parfois descendre péniblement du minibus qui la ramène de son institution spécialisée. Ta mère dit alors, songeuse : « On n'aurait jamais dû s'acharner pour la réanimer. » En toi, la phrase résonne bizarrement.

Tu viens de rentrer en quatrième et tu demandes à faire de la danse. Ta mère t'inscrit en jazz et en claquettes au conservatoire de Manosque. Tu as douze ans et demi, tu as dépassé le mètre soixante-dix, tu as des bras et des jambes immenses. Tu es archinulle : ton centre de gravité est trop haut, tu es trop cambrée, tu manques de souplesse, il te faut un temps fou pour te déplier.

Lorsque ta mère est énervée, tu sais maintenant qu'elle a sans doute ses règles, mais qu'il ne faut pas le lui demander car ça l'énerve encore plus, sauf si c'est justement ça que l'on cherche. Tu n'y penses pas pour toi-même. Tu essaies d'habiter ton grand corps et c'est une tâche ardue. Tu t'accroches à la danse et finis par forcer le respect de ta prof, qui te trouvait tellement nulle que cela lui semblait insurmontable. Elle a dansé pour Béjart, connu Brel – en octobre 1978, lors d'un de tes premiers cours, elle est arrivée défaite parce qu'il était mort –, et va devenir l'une des personnes les plus importantes de ton adolescence. Dans quatre ans, ce sera elle qui annoncera solennellement, en début de cours, que l'avortement est enfin remboursé. En 1978, tu ne sais rien de ce combat. Tu ne sais pas qu'il est revenu à Simone Veil de porter le projet de légalisation de l'avortement en 1974, après que le garde des Sceaux Jean Lecanuet s'était défaussé pour des raisons éthiques, ni qu'elle a déclaré devant les députés rassemblés : « Je voudrais tout d'abord vous faire partager une conviction de femme – je m'excuse de le faire devant cette Assemblée presque exclusivement composée d'hommes : aucune femme ne recourt de gaieté de cœur à l'avortement. Il suffit d'écouter les femmes. C'est toujours un drame, cela restera toujours un drame. » Tu ne sais pas qu'elle a été déportée à Auschwitz comme tes grands-parents paternels qui n'en sont pas revenus, ni que les débats à l'Assemblée nationale ont pris une tournure nauséabonde, le député Jean-Marie Daillet évoquant des embryons « jetés au four crématoire », le député et maire de Nice Jacques Médecin une « barbarie organisée et couverte par la loi comme elle le fut par les nazis », et le député Hector Rolland l'accusant de faire « le choix d'un génocide ». Tu ne sais pas qu'une autre loi, initiée aussi par Simone Veil, a été promulguée le même jour que celle sur l'avortement de janvier 1975, qui autorise les centres de planning familial à délivrer aux mineures à titre gratuit et anonyme des contraceptifs sur prescription médicale et sans limite d'âge, alors que la loi Neuwirth de 1967 était réservée aux femmes de plus de vingt et un ans. Mais ce que Simone Veil n'a pu obtenir, c'est le remboursement de l'avortement, ce qui sera enfin chose faite en décembre 1982.

En attendant, on est encore en 1978 et ta mère a décrété qu'il ne fallait pas rater le virage des maths de la quatrième. Jusqu'alors, tu te débrouillais seule pour les devoirs, le grand jeu avec ton frère étant d'apprendre vos leçons du jour dans la Méhari maternelle, le temps des sept kilomètres de trajet qui vous séparaient du collège. Mais voilà qu'elle entreprend de t'expliquer deux ou trois choses, ce qui a le chic de t'agacer. Elle a beau répéter que tu es douée en maths, tu fais semblant de ne rien comprendre, tu attends qu'elle s'énerve. Les maths, c'est nul, tout le monde le sait, c'est pour les filles moches à lunettes. Pourtant, ta mère est belle, séduisante, Charles et ton père se battent pour elle, alors qu'il y a encore peu de temps, elle rédigeait son doctorat en mathématiques appliquées sur la table de la salle à manger.

Tu deviens une adolescente. Tes parents te « font chier », surtout ta mère, même si tu n'arrives pas à t'en décoller. Nul ne sait mieux qu'elle prendre le temps de t'écouter, de calmer tes angoisses. « Non, tu n'es pas malade. » « Non, tu n'es pas homosexuelle » – une angoisse récurrente qui est sortie comme ça, sans que tu éprouves de désir pour tes copines ou d'autres filles. Le soir, après dîner, tu vas sur ses genoux et tu respires l'odeur de son cou : ça te rassure. Auparavant, ton frère et toi vous mettiez contre ta mère, chacun d'un côté sur le même pouf poire vert pomme du salon, pour regarder *Racines*, *Holocauste*, *Amicalement vôtre*, *Apostrophes* ou l'émission des Carpentier, tandis que ton père fumait sa pipe sur le canapé. Désormais, ton frère est en seconde, toi en quatrième, vous n'êtes plus affalés sur elle. Il n'empêche, tu peines à te détacher.

5.

Le 31 décembre 1979, un accouchement est diffusé pour la première fois en direct à la télévision. La pensée que ce bébé-là aura vingt ans en l'an 2000 te paraît vertigineuse. Tu es impressionnée et un peu dégoûtée par ce sexe dilaté d'où sort progressivement une toute petite tête. Toi, tu es arrivée en siège, et en mauvais état. Tu es au ski chez une copine et les garçons commencent à t'intéresser, en particulier son frère, déjà étudiant, qui est là avec sa bande de copains, même s'il ne voit en toi qu'une gamine.

Tu as maintenant tes règles. Quand c'est arrivé, tu l'as dit à ta grand-mère en sortant des toilettes et elle t'a donné une petite gifle. Sur le moment, ça t'a interloquée, mais elle t'a expliqué que c'était la tradition. « Le jour où une fille a ses règles, on lui donne une gifle. » Bienvenue dans la puberté. Ta mère t'a acheté ton premier soutien-gorge. Il est blanc, tout simple, en satin. Tu es contente.

L'été précédent, tu es aussi « sortie » pour la première fois avec un garçon. Ton frère t'avait conseillé de t'entraîner à tourner ta langue autour d'une petite cuillère, dans un sens et dans l'autre, et lorsque c'est arrivé en vrai, tu as eu le sentiment de ne pas savoir, de t'emmêler. Ce même été, vous avez commencé à faire le mur chez ta grand-mère, jusqu'à cette nuit où elle t'a entendue rentrer, s'est levée et constatant que ton frère n'était pas là, est partie à pied le chercher à quatre heures du matin. Sur le moment, ça t'a impressionnée de la voir paniquer au point d'envisager de prendre la voiture de ton oncle pour retrouver ton frère alors qu'elle ne savait pas conduire. Le plus triste reste toutefois qu'elle ne sache pas nager alors qu'elle a toujours vécu au bord de mer, pour une raison si futile qu'elle te semble encore plus injuste : le maillot qui lui avait été promis par une « bonne amie » de son père ne lui ayant jamais été offert, il lui a été impossible d'apprendre. Elle a donc plus de soixante-dix ans quand tu lui en prêtes un, rose fuchsia, et que tu entreprends de lui donner des leçons. Au bord de la piscine, vous riez beaucoup en faisant des exercices. Tu aurais tant aimé qu'elle y arrive, mais non, il est trop tard. C'est comme ça.

L'été 1980, tu le passes dans une caravane louée par tes parents, seule avec ton frère, à proximité de chez ta grand-mère : après l'épisode du mur l'année précédente, elle a refusé de vous surveiller et de se tracasser de l'heure à laquelle vous rentrez, mais vous continuez de manger et de vous laver chez elle. Tu découvres les nuits blanches et le bonheur du croissant et du café à six heures du matin, quand la boulangerie ouvre.

En septembre de la même année, tu entres au lycée en seconde C. En maths, tu suis sans efforts. Avec ta chapka sur la tête et tes grandes jupes, tu as trouvé ton style. Bien que tu mesures un mètre soixante-dix-sept, la danse t'a appris à être mieux dans ton corps. Tu es heureuse au lycée. Tu as des amis, ta singularité devient une qualité. Tu te sens capable de séduire, même si ta vie amoureuse durant l'année scolaire est inexistante. C'est l'été que tout se joue, à Carantec, lorsque vous êtes dans la caravane. À la maison, les tâches sont toujours exactement réparties entre ton frère et toi. Par exemple, tu débarrasses et il remplit le lave-vaisselle, ou l'inverse, pendant que ta mère lave les casseroles et les poêles à la main. Ton père, lui, se lève de table après dîner pour aller regarder les informations.

Lorsque le soir tombe, tu danses en observant ton reflet dans les baies vitrées du salon. Tes parents trouvent que tu te regardes trop. En décembre 1980, tu participes pour la première fois au spectacle de ta prof de danse, un spectacle si ambitieux qu'il n'a lieu que tous les deux ans. À son approche, tu répètes presque vingt heures par semaine. Ton niveau reste faible mais tu trouves ta place en accentuant le comique d'un de tes personnages, affublé d'un chapeau à voilette que tu as toi-même confectionné. Avec tes longs bras et tes longues jambes, on dirait Olive, la femme de Popeye, mais tu as compris qu'en assumant ton ridicule, tu parvenais à t'en éloigner. Ton père et ta mère cousent ensemble tes costumes. « Papa pique et maman coud », chantonne gaiement ton père devant la machine à coudre, sans que, pour la première fois, le souvenir de ses propres parents rivés le soir à leurs machines à coudre pour gagner un peu plus d'argent ne l'assombrisse.

Avec ta mère, la tension monte. Elle répète que tu ne dois pas être en concurrence avec elle, sans que tu comprennes ce que cela veut dire. De ton côté, tu vis comme une ingérence qu'elle devienne l'amie de ta prof de danse. Ton père et toi vous retrouvez souvent en tête à tête à la maison, ta mère étant absente et ton frère dormant chez un copain. Tu apprends à mieux le connaître. Un matin à cinq heures, le téléphone sonne. Ta mère n'est pas là, ton frère non plus. Tu te lèves, t'approches de la chambre de tes parents sans un bruit. Tendant l'oreille, dissimulée dans le couloir sombre, tu entends la voix blanche de ton père qui parle à un dénommé Charles. Tu as peur qu'il soit arrivé quelque chose, mais tu comprends que ta mère est avec lui à Londres et qu'elle n'a rien. Charles cherche juste à lui forcer la main, à ce qu'elle clarifie enfin leur situation. Tu retournes te coucher.

Le 11 mai 1981, lendemain de l'élection de Mitterrand, ta mère se fait opérer d'un cancer de la thyroïde. Au réveil, elle est défigurée. Tu coiffes longuement ses cheveux emmêlés. Le temps de sa convalescence, elle reste à la maison, comme les mères des copines de ton enfance. Puis elle part en Amérique latine. Le jour de son retour, dès que vous entendez la voiture, ton frère et toi vous précipitez dehors pour l'embrasser. Elle se met à pleurer. C'est la première fois que tu la vois craquer.

Les vacances de Noël 1981 arrivent. Ton frère et toi les passez chez ton meilleur ami Stéphane, que vous avez connu à Carantec. Sa mère lui a laissé leur appartement à Nanterre, avec la possibilité de recevoir ses copains. Certains prennent de l'héroïne, des champignons hallucinogènes, de la cocaïne, etc. Ton frère et toi ne touchez à rien. Tu plais à Stéphane, mais tu préfères les garçons plus âgés, alors tu dors avec un de ses amis, joueur de congas. Dans l'obscurité, sous les couvertures, il te caresse le buste, mais dès que ses mains approchent de la frontière de ta culotte, tu frissonnes. Il ne force pas le passage. Tu n'as pas une idée précise de la manière dont on fait l'amour, de toute manière tu ne te sens pas prête. Le 31 décembre 1981, vous allez voir Jacques Higelin au Cirque d'Hiver et finissez la nuit au bord de Seine, au rythme des congas. Lorsque tu rentres à Manosque, tu expliques à ta mère à quel point tu es inquiète pour

Stéphane qui se drogue déjà beaucoup. Tu ne comprends pas qu'elle t'interdise de retourner chez lui en février.

Le lycée a moins d'importance que la danse. Tu travailles peu. En juin 1982, le conseil de classe te donne le choix entre une terminale C et une terminale D, en précisant qu'on attend que tu t'y mettes. Toi, tu voudrais aller en terminale A car tant qu'à choisir une matière, c'est la littérature que tu aimes, mais ton père pique ton orgueil en te montrant ce dessin satirique d'un père disant à sa fille : « Tu n'as qu'à faire A, c'est pas grave, t'épouseras un mec qui a fait C. » Tu choisis la terminale C.

En attendant, c'est l'été au bord du lac de Sainte-Croix. Ta première fois est fugace, tu ne prends pas la pilule et tu as peur de tomber enceinte. Tu as d'abord le sentiment que quelque chose d'énorme entre en toi et tu repousses le garçon avec brutalité, mais il est doux, attentif, et petit à petit tu te calmes, tu l'acceptes. Au petit matin, tu reviens dormir sous la tente que tu partages avec ton amie L., qui te trouve allongée sur le dos, les mains sur le ventre (une position dans laquelle tu ne dors jamais), souriant de satisfaction dans ton sommeil. Bientôt, tu rentres à Pierrevert. Le garçon t'écrit une carte postale à laquelle tu ne réponds pas : tu as besoin qu'on te laisse tranquille, le temps que tu apprivoises le changement. Ta mère l'a perçu également, qui t'explique qu'il n'y a rien de sale ou de honteux dans l'amour si le désir est là, et que tu n'as aucune règle particulière à suivre sauf celle de ne te sentir obligée à rien. Tu peux donc à la fois tout faire et ne rien faire, conseils que tu garderas précieusement et auxquels tu essaieras de te tenir, cherchant ta liberté dans ce nouvel espace, sans t'appuyer sur des attitudes, des gestes ou des mots préformatés. Ta mère t'explique aussi qu'elle a dû avorter et que cela peut t'arriver, auquel cas ce n'est pas honteux non plus.

Quelques semaines plus tard, à Carantec, tu crois enfin découvrir l'amour avec un garçon qui vous invite, ton amie S. et toi, à une soirée à Locquirec. Ta mère, que tu agaces décidément beaucoup cet été-là, décide que tu n'iras pas, d'autant qu'il vous faudrait faire une partie du trajet en stop. Tu passes outre, considérant que personne ne saura que vous n'êtes pas rentrées puisque vous dormez sous la tente. Le lendemain, c'est le drame. On est allés vérifier au petit matin si vous étiez là, on a appelé les hôpitaux, on vous a crues gravement blessées ou même mortes. À ton retour, ta mère te gifle. Tu n'y vois que de l'arbitraire, estimant que ta mère a puni ce qu'elle laisse faire d'habitude.

Par exemple le stop : il t'arrive d'en faire entre Manosque et Aix-en-Provence, ta mère te déposant ou te récupérant à mi-chemin, au pont de Mirabeau. Tu es consciente du danger et tu fais attention, évitant d'en faire toute seule et refusant de monter quand il y a deux hommes ou plus dans la voiture. À Carantec, le lieu où vous dansez le soir est un peu excentré et tu préfères rentrer à pied à n'importe quelle heure plutôt que de risquer de te faire conduire par quelqu'un qui aurait bu. Tu as le sentiment relatif d'être protégée par ta taille, ta violence, ton regard noir et tes cheveux bruns, et la conviction que la vie serait plus dangereuse si tu étais blonde, petite et douce. En septembre, un oncle providentiel passe à Manosque, qui propose de t'emmener à Paris pour quelques jours. Tes parents acceptent. Tu vis chez le garçon rencontré en Bretagne, à côté de la place Monge. Tu as seize ans, c'est ta première expérience de cohabitation avec un homme, mais le charme est rompu : il n'y a plus la mer, il n'y a plus l'été, tu découvres que vous n'avez rien à vous dire.

Tu entres en terminale. De nouveau, tu fais dix puis vingt heures de danse par semaine à l'approche du spectacle de décembre 1982. Tes parents t'ont laissé le choix d'y participer, contrairement à d'autres filles qui passent le bac et n'ont pas eu ce droit. Ton frère est en classe préparatoire à Marseille, il ne reste que toi dans la grande maison isolée. En janvier, le spectacle terminé, ton retard est tel que tu te lèves très tôt le matin pour rattraper tout ce que tu ne sais pas. Tu souhaites devenir danseuse, mais il te faut d'abord le bac. Tu ne remplis aucun dossier sauf celui de l'INSA de Lyon, une école d'ingénieurs post-bac, parce qu'un copain de ta classe postule et que ça t'amuse sur le moment de faire pareil, même si ça ne sert à rien : il est acquis que l'année prochaine, tu passeras tes journées à danser. Tes parents n'étaient pas ravis, mais ils ont fini par l'accepter.

Les épreuves du bac terminées, tu rejoins ton ami Stéphane à Cavalaire où il s'est fait embaucher comme serveur de plage. Votre amitié amoureuse vit ses derniers moments. Tu supportes mal son addiction croissante. Quelques mois plus tôt, tu l'as accompagné dans une de ces banlieues sordides où même les flics ne vont plus pour qu'il se pique dans un appartement lugubre. Il te donne un peu d'argent pour que tu puisses rentrer en train plutôt qu'en stop. Après ton départ, il est arrêté en possession d'héroïne et de chèques volés. Tu ne vas pas le voir en prison, tu ne lui écris pas. Tu le croiseras une dernière fois aux Halles, par hasard, poussant une petite fille dans une poussette. « Ma fille Ariane », dira-t-il, et tu comprendras Marianne. Tu penseras souvent à lui. Bien plus tard, tu apprendras sa mort par overdose.

À la fin de l'été, tes parents t'annoncent leur séparation. Ils attendaient que tu aies le bac, c'est fait. Ton monde s'écroule un peu, tu renonces à danser : tu iras à l'INSA.

6.

À l'INSA de Lyon, tu t'aperçois vite de ta méprise. Tu n'as rien à faire ici. Comme les années précédentes, les filles constituent moins de 20 % de ta promotion. Au réfectoire, votre sex-appeal est évalué par les garçons des années supérieures, qui opèrent des classements. À l'amphithéâtre, on projette *Emmanuelle* sous les sifflements excités du public. Surtout, les cours et les TP t'ennuient mortellement. Comme toutes les filles de première année, tu es logée dans un bâtiment spécial où vous faites l'objet d'une surveillance particulière du grouillot, qui rend compte à l'assistante sociale de vos allées et venues et de vos conversations téléphoniques dans la loge, seul lieu où l'on peut vous joindre. Cela, tu le découvres lorsqu'elle te convoque et ne prend même pas la peine de dissimuler qu'elle est au courant de la séparation imminente de tes parents. Tu veux partir, mais tes parents te demandent d'y rester l'année entière. Tu engraisses de dix kilos. Tu finis par t'extirper de ce que tu vis comme un piège, malgré l'insistance de ta mère et de ses amis qui te font un tableau apocalyptique de ton avenir si tu décides d'aller à l'université. Tes parents remettent à plus tard leur séparation.

Tu pars vivre à Aix-en-Provence. Tu as un petit studio et une allocation mensuelle de tes parents qui te permet d'étudier sans travailler par ailleurs. Il est convenu que ta mère, qui suit un cours à Aix, vienne chez toi une fois par semaine. Tu sais tacitement qu'il ne faut pas faire de commentaire si tu ne la vois pas. Au centre de son nouveau cercle, il y a Michel, la trentaine, qui vient souvent te voir après son travail, à l'heure de l'apéro. Tu l'aimes beaucoup, mais tu ne t'en approches pas. Cela t'agace que son petit garçon saute sur ton lit avec ses chaussures.

Tu poses tes bases. Un beau garçon gentil, l'économie, les maths. Tu sais déjà que « des seins comme les tiens, aux États-Unis, on les enlève » car la gynéco te l'a dit quand tu avais seize ou dix-sept ans. En France, on les laisse, en surveillant ce qu'ils fabriquent. Les premières tumeurs qu'on te retire sont bénignes, jusqu'à une phyllode de grade intermédiaire, jugée préoccupante. On envoie tes cellules à Villejuif pour confirmer le diagnostic. De nouveau, la maladie t'apparaît comme un avenir quasi certain. Tu entames une psychothérapie, même si ta mère est contre, affirmant que tu n'en as pas besoin.

Elle vit désormais à Aix. Votre duo séduit ses amis. Michel, son nouveau compagnon, aime que tu sois là. Tu as aussi tes propres amis, qui vous aident à vider la vieille maison qu'elle vient d'acheter. Tu admires ta mère et tout ce qu'elle sait faire. Vos vies sont mélangées, même s'il arrive que vous vous supportiez mal. Elle t'emmène en voyage, te prête sa voiture, t'invite à dîner, t'écoute, te rassure. Elle est là quand tu te réveilles des anesthésies.

Le sida s'installe alors que tu es à peine entrée dans la sexualité. À la fin de l'INSA, tu as fait l'expérience de la variété des actes et des positions avec un garçon qui ne te plaisait pas, dans une chambre d'hôtel à Avignon. Contrevenant pour la première fois à tes principes, tu l'as fait sans désir ni plaisir, sans même savoir pourquoi. Peut-être parce que l'année à l'INSA a rabattu ton orgueil, qu'avec ton indéfrisable et tes dix kilos supplémentaires tu sais combien tu t'es enlaidie, ou parce qu'il est le « coturne » de ce garçon avec lequel tu as joui pour la première fois dans ta minuscule chambre d'étudiante et auquel tu t'es attachée sans réciprocité. Sortant de l'hôtel, tu t'es sentie sale pour la première fois, et tu t'es tordu la cheville.

Désormais, tu es avec le beau garçon gentil, qui t'aime d'un amour solide et profond. Tu l'aimes aussi, il te rassure, même s'il arrive que tu désires ailleurs. Tu ne t'interdis pas quelques expériences que tu gardes secrètes, avec une culpabilité redoublée par la menace du sida. Tu n'as toujours de l'amour aucune vision codifiée. Tu cherches à t'y déployer en devenant liane des forêts, nageuse des profondeurs, archéologue des surfaces. La liberté que tu te donnes n'a pas d'équivalent sur le plan affectif où, à l'inverse, tu mises sur la sécurité. Ta trouillardise et ta peur de souffrir t'insupportent, ton manque de courage te fait honte.

S'il y a un élément de permanence qui t'apporte de la joie, c'est ta grand-mère, sa blouse et ses cheveux crantés. À quatre-vingts ans, elle est toujours aussi alerte. Son visage, qui n'a pas connu le luxe des crèmes hydratantes, est tout raviné, mais à peine plus qu'il ne l'était à ta naissance. Quand tu l'embrasses, elle rit, dit que tu vas l'user. Ta « petite pomme ridée », comme tu l'appelles parfois, était grande pour son époque, mais te semble toute menue lorsque tu l'enlaces. Quels que soient tes choix, sa confiance en toi est absolue. Son regard ne devient dur que si elle te sent fragile. Ma petite-fille, il te faut t'endurcir, la vie n'est pas facile, semble-t-elle dire sans prononcer un mot.

Elle aime bien te raconter sa vie de jeune femme : lorsque, mariée à vingt ans, elle s'était retrouvée dans la famille de ton grand-père où elle avait souffert du manque d'intimité et du fonctionnement collectif du clan, comme ce jour où l'un de ses beaux-frères avait dit qu'elle n'avait nul besoin de s'acheter une valise alors qu'elle travaillait dans la boucherie familiale et ne dépensait rien pour son compte. Dans cette fratrie de cinq garçons devenus précocement orphelins de père et où l'aîné avait disparu au front, on décidait entre hommes, chacun ayant formé son ménage sans trop s'éloigner des autres. Et puis trois grossesses en trois ans, ça avait été très dur, avec la peur de mourir à chaque accouchement, redoublée par l'incompétence de la sage-femme que l'on se croyait obligés d'appeler car c'était la mère de l'une des belles-sœurs. Le médecin avait fini par dire à ton grand-père qu'il serait un criminel s'il continuait ainsi et ils n'avaient plus eu d'enfant pendant dix ans. Puis ta mère était arrivée, seule désirée d'un couple qui s'aimait, même si ta grand-mère supportait mal la rudesse de ton grand-père qui la désignait d'un « celle-ci » en public (rudesse dont il semble qu'elle fut contrebalancée par de la douceur en privé), et aurait aimé que son avis soit davantage écouté – elle regretterait toujours cette maison que la propriétaire lui avait proposée en priorité, une belle affaire qu'elle avait dû laisser à d'autres car ton grand-père s'y était opposé.

Malgré tout, elle regarde le passé sans amertume. Ses chagrins d'antan sont là sans peser, comme le demi-sourire de sa sœur Anne sur cette photo toujours en évidence dans sa chambre, Anne qui, restée célibataire, vivait chez ses parents et aimait venir voir sa sœur – jusqu'au jour où ta grand-mère, la trouvant très déprimée, aurait voulu la retenir tandis qu'elle enfourchait son vélo pour rentrer, même si ton grand-père lui disait qu'elle s'inquiétait pour rien. Puis il y avait eu ce hurlement déchirant que ta grand-mère avait été la seule à entendre – et pour cause, il était dans sa tête –, suivi de l'annonce du suicide d'Anne, hurlement qui avait inauguré la triste série de la seconde moitié des années 1940 : après celle d'Anne, la mort de chagrin de son père adoré, la mort de son frère, la mort de son amie Jeannette.

Tu as du mal à l'imaginer mais pour ta mère, ta grand-mère fut l'inverse de la femme que tu connais : sans gaieté ni disponibilité, passant dix à douze heures par jour dans l'atmosphère chaude et humide de la blanchisserie à se « droguer au travail » dans une course folle où, avec ta tante qui travaillait aussi dans l'entreprise familiale, elles s'entraînaient mutuellement, ce dont ses jambes fines mais déformées par les varices portent encore la trace. Après la boucherie, cette nouvelle aventure professionnelle de la blanchisserie industrielle avait d'ailleurs bien mal commencé : ta grand-mère avait chuté par la fenêtre de leur nouvel appartement au premier étage, tête la première, parce que les garde-corps n'avaient pas encore été posés, que ses pantoufles glissaient et qu'elle avait voulu saluer son beau-frère (pas celui de la valise, un autre qu'elle aimait bien) qui arrivait en bas de la rue. Elle était donc tombée de trois mètres de haut et avait eu la chance de s'en tirer, mais avait été contrainte de rester six mois immobile sur un lit médicalisé, dans l'incapacité de s'occuper d'une petite fille de cinq ans qui ne pouvait plus l'approcher. Oui, ça n'avait pas dû être facile pour ta mère, qui conservait peu de souvenirs de cette période où elle était partie à la campagne, à part qu'elle gardait les vaches avec une plus grande.

Ce dont ta mère se souvient en revanche, c'est des « crises » de ta grand-mère, ces violents maux de tête accompagnés de râles terrifiants qui survenaient dès qu'elle était contrariée, à cause notamment des conflits récurrents entre son mari et son fils aîné, ou de la sévère dépression qui la conduisit un mois en maison de repos à Grasse quand ta mère avait quatorze ans. La petite n'en rajoutait donc pas, faisant en sorte qu'avec elle au moins tout soit simple. Le havre de ta mère, ce n'était pas sa mère mais son père, solide, aimant, rassurant, toujours très calme, et sa grande sœur, « petite mère » de substitution lorsqu'elle en avait besoin. Tu peux aisément imaginer ta tante dans ce rôle qu'elle a joué pour toi aussi, même si tu es triste de ne plus la voir : s'étant sentie sacrifiée pour les autres, elle a décidé de se couper de la famille.

Tu n'envisages pas de te marier, mais tu imagines avoir des enfants, sauf que pour le moment tes rêves de maternité sont plutôt des cauchemars : soit tu accouches d'œufs que tu fais frire à la poêle, soit ton bébé est suspendu au bout d'une branche en haut d'un arbre où il meurt desséché car tu ne peux l'atteindre pour le nourrir. Entre tes problèmes au sein, tes angoisses de mort et tes cauchemars, tu sens bien qu'il s'est passé quelque chose autour de ta naissance que l'on ne te dit pas, et tu interroges séparément ton père et ta mère. Non et non, te répondent-ils, on t'a bien tout raconté. Tu as de longues périodes d'aménorrhée causées par ce médicament que tu prends pour tes problèmes mammaires (et tu réalises à l'instant même où tu l'écris que les problèmes mammaires sont aussi les problèmes *ma mère*), ce qui ne t'embête pas plus que ça, contrairement à tes migraines qui sont un véritable handicap, te plongeant dans le noir plusieurs jours durant.

Contre toute attente, tu deviens ingénieure, mais avec un trait d'union : ingénieure-économiste. Les maths sont restées ton atout maître. Tu demandes et obtiens une bourse pour faire une thèse d'économie. Ton objectif : devenir universitaire.

7.

Les années de thèse sont laborieuses. Tu commences par travailler sur le cinéma, un art qui te passionne, avant de comprendre que l'aborder sous l'angle économique ne te captive pas. À ce compte-là, mieux vaut un sujet technique où tu seras mieux encadrée et qui, en valorisant ton savoir mathématique et économétrique, t'ouvrira plus facilement les portes de l'université. C'est le choix que tu fais, même si le nouveau sujet ne t'intéresse pas. L'ennui te pèse terriblement, mais tu t'accroches les trois années qui suivent car l'université reste ton idéal. Quel autre métier t'offrirait à la fois le statut, la sécurité et la liberté, la seule obligation non négociable étant d'enseigner, ce que tu aimes faire ? Tu en es convaincue, le monde de l'entreprise n'est pas pour toi, encore moins avec le handicap que constituent tes migraines.

Dans l'amour, tu te lâches enfin. À l'âge où les autres se casent, tu décides d'abandonner la prudence et de quitter enfin le beau garçon gentil avec lequel tu as passé cinq ans et dont tu n'es plus du tout amoureuse. C'est le début des années 1990, le monde de ton enfance s'éloigne. Depuis que le mur de Berlin s'est effondré, il n'y a plus d'Est ni d'Ouest. À vingt-cinq ans, tu te laisses aller à perdre le nord. Tu comprends vite que le garçon aimé ne te convient pas, et qu'il te faudra le quitter pour éviter le malheur, mais tu t'attardes le temps de prendre des forces et que l'amour s'use un peu. Ta mère te trouve masochiste, mais tu n'es pas d'accord, ne prenant aucun plaisir au supposé sadisme de l'autre. Quand tu finis par partir, il publie une nouvelle qu'il s'empresse de vous envoyer à l'une comme à l'autre : tu es le chien et il est le maître qui, chaque jour, laisse s'échapper le chien pour mieux le battre à son retour. Jusqu'au jour où, las de ce petit jeu, le maître néglige de punir le chien qui, n'ayant pas eu son comptant de coups, lui plante ses crocs dans la gorge et le tue. Tu n'es pas humiliée, plutôt vexée que le garçon n'ait pas mieux compris que ta mère la nature de tes sentiments.

De nouveau, ta vie et celle de ta mère s'entremêlent, même si tu t'éloignes en partant vivre à Paris. Tu lui as présenté un de tes professeurs qui est devenu son nouveau compagnon et tu as rencontré chez elle un homme qui te plaît, ce qu'elle n'accepte que dans la mesure où cela t'aidera à tourner la page. « Mais attention, te prévient-elle, cet homme ne sait pas aimer. — Qu'importe », réponds-tu, ce n'est pas ce que tu cherches. Entre vous pourtant, la relation dure, l'amour s'installe. Ta mère est mécontente, il n'était pas prévu que tu t'attardes ainsi. Trois ans plus tard, à l'aube de tes trente ans, il est temps d'en finir : cet homme a des enfants, pas toi, et il n'en veut pas d'autres. Votre relation est dans l'impasse. Tu te casses la jambe, ce qui t'oblige à rester encore quelques semaines chez lui, en convalescence, comme pour différer une séparation déjà acquise. Tu rentres chez toi avec des béquilles.

Catherine Deneuve, la magnifique princesse de ton enfance, oscille désormais entre *Indochine* où sa fille lui prend l'homme qu'elle aime et *Belle Maman* où c'est elle qui pique le mari de sa fille. Pas étonnant, si l'on songe que le nombre de divorces a explosé à partir des années 1970 (entre 1970 et 1993, la proportion de divorces a été multipliée par trois, passant de 12 à 35 divorces pour 100 mariages), le plus souvent à la demande des femmes, qui se retrouvent dès lors sur le « marché de la séduction » en même temps que leurs filles. Prises dans les tourments d'une vie amoureuse à reconstruire, ces mères ne sont plus dans la même position pour observer, conseiller leur progéniture, voire pour en être les gardiennes ou les horribles marieuses comme la mère de Rose dans *Titanic*. À ceci près que Rose, bien qu'étant supposément une jeune fille de 1912, te semble surtout coller aux aspirations de ta génération à l'émancipation et à l'amour passion, loin de l'endogamie raisonnable – il est d'ailleurs remarqué que si elle avait été une personne réelle du début du XXe siècle, elle aurait eu des poils sous les bras, à la différence de Kate Winslet dans la scène du portrait qui, comme toutes les filles de ta génération, s'astreint à une discipline épilatoire douloureuse et coûteuse.

Loin de l'endogamie raisonnable donc, tu changes de monde et tu rencontres un comédien. Tu vas désormais au théâtre comme jamais. Vous avez trente ans tous les deux, il ne s'agit plus de tergiverser. Vous précipitez les choses, quittant vos appartements respectifs pour en prendre un ensemble, décidant bientôt d'avoir un enfant. De nouveau, tu te casses la jambe, puis tu tombes enceinte dans la foulée, mais il n'est plus si sûr de vouloir, et lorsqu'enfin il l'est, c'est toi qui ne veux plus.

Contre son gré, tu décides donc d'avorter. Parmi tes copines, tu t'en rendras compte plus tard, presque toutes ont avorté une ou plusieurs fois, malgré la pilule, comme un tribut au vécu des générations précédentes. Tu pleures à gros bouillons après l'aspiration, sans savoir sur quoi ou sur qui tu pleures : tu es à l'hôpital, personne ne t'a contrainte, l'enfant avait un père et toi, le choix. Pour votre couple, c'est le début de la fin. Tu es convaincue désormais qu'il ne faut pas mettre la charrue – le désir d'enfant – avant les bœufs – l'homme avec qui faire l'enfant. Et s'il n'y a pas de bœufs pour tirer la charrue, mieux vaut continuer seule et à pied.

Pour une fois, ta génération innove. C'est la première qui, d'expérience en expérience, a exploré l'amour et la sexualité, mais s'est attardée si longtemps au jeu des chaises musicales qu'elle ne s'est pas rendu compte qu'elle vieillissait et que d'autres, plus jeunes, entraient dans le jeu. Tu entends partout que « rien ne fout plus la trouille à un mec qu'une nana de plus de trente ans qui veut des gosses ». Tu es loin d'être la seule trentenaire à te retrouver seule, ton désir d'enfant en bandoulière, tandis que les stars américaines vantent partout leur maternité épanouie en exposant leurs gros ventres sous l'œil des photographes. Andie MacDowell, Kim Basinger, Madonna, Susan Sarandon, toutes s'y mettent, sans parvenir toutefois à supplanter Demi Moore qui, nue devant l'objectif à sept mois de grossesse, magnifie magistralement cet état. Les filles de *Sex and the City* ont beau parler de sexe entre elles (ce que tu ne fais pas avec tes copines), elles rêvent d'amour et d'enfants avec un Mr Big. Oui, vous innovez, bien loin de toutes ces générations qui vous ont précédées, où les grossesses arrivaient sans crier gare et souvent sans être désirées, de Madame de Sévigné écrivant à sa fille « Je suis ravie que vous ne soyez point grosse » à ta grand-mère qui te racontait la « hantise » de ces échanges avec sa belle-sœur, dans l'arrière-cour commune à la boucherie que tenait l'une et à la charcuterie que tenait l'autre : « Tu les as eues ce mois-ci ? — Non, et toi ? — Moi non plus. »

Mais il arrive que, parce que l'on renonce, tout devienne soudainement possible. Tu as quitté le garçon et tu viens d'acheter un appartement dans la perspective de cette vie en solo lorsque l'homme que tu aimais, après trois ans de séparation, t'annonce qu'il a réfléchi : si c'est la condition pour vous retrouver, il est prêt à faire un enfant avec toi. Un mais pas deux, précise-t-il d'emblée, ajoutant que tu dois aussi t'engager à aller acheter les couches. Tu acceptes sans hésitation ce retournement de situation jamais imaginé. En attendant, vous partez marcher tous les deux en Corse et au retour, tu boites. On te diagnostique une fracture de fatigue et tu passes tout l'été avec des béquilles : décidément, chaque fois que surgit cette question de l'enfant, tu te brises. Tu hésites à annoncer vos retrouvailles à ta mère, qui s'était réjouie de votre séparation. Lorsque tu le fais, elle te confie craindre la peine que tu vas faire à ta grand-mère. Un homme plus âgé, divorcé, déjà père de plusieurs enfants, ce n'est pas ce qu'elle aurait souhaité. Toi, tu es confiante et tu as raison.

Elle a maintenant dépassé les quatre-vingt-dix ans et commence à fatiguer. Bientôt, il te faudra faire sans elle. Tu l'enregistres pour garder le timbre de sa voix, le souvenir de ses souvenirs. Elle te raconte les histoires que tu aimes et que tu pourras plus tard replacer dans leur contexte en lisant *La métamorphose de Plozévet* d'Edgar

Morin ou *Le cheval d'orgueil* de Pierre-Jakez Elias. Le plus drôle est que ce dernier s'était violemment opposé au livre de Morin, l'accusant de n'avoir rien compris au pays bigouden car il ne parlait pas breton. Tes grands-parents le parlaient, tout comme Elias, qui venaient de ce monde d'avant la modernité, ce monde des chemins creux, des korrigans et de la misère qui collait à certains leur vie entière, comme la boue sous leurs sabots.

Morin, qui enquête à Plozévet en 1965, période sur laquelle s'ouvre aussi ton texte, explique comment les femmes deviennent à cette époque les agents secrets de la modernité, notamment par leur exigence d'un intérieur propre et équipé d'électroménager qui puisse les décharger des tâches domestiques. Cette séparation nette entre la propreté du dedans et la saleté du dehors, cette nouvelle conception d'un intérieur d'agrément plutôt que de corvées domestiques, en même temps qu'elles font passer les femmes du statut ambivalent de « matrones-servantes » à celui de femmes d'intérieur, développent aussi chez elles un espace psychique, un supplément d'âme, une aspiration à l'épanouissement personnel, tout en les ouvrant sur la civilisation urbaine grâce à la télévision. Avoir un vélomoteur, une voiture, une télévision, porter le pantalon, fumer, voyager, faire des études, avoir un métier, choisir son conjoint, c'est en vrac les aspirations qui surgissent chez les jeunes femmes de Plozévet en 1965.

Sauf que la modernité charrie aussi son lot de frustrations : « bovarysme » des épouses plus ou moins bien mariées, « antonionisme » des bourgeoises en exil, femmes cultivées ou artistes dont les goûts ne peuvent être partagés à Plozévet et qui souffrent d'incommunicabilité et enfin « pavésisme » de celles qui se donnent à leur vie professionnelle pour combler le vide de leur vie personnelle – ce dernier terme, choisi par Morin en référence à Pavese, ayant blessé les habitants de la petite commune car il suggérait selon eux que les femmes de Plozévet « faisaient le pavé ».

Bref, les femmes de Plozévet se développent sur le plan privé, sans remettre en cause les rôles que la société assigne à chacun, tout en tirant l'ensemble de la communauté vers cette société moderne dont elles ressentent aussi, plus intensément que les hommes, l'insatisfaction qu'elle procure. En cela, elles résistent au « beauvoirisme », à savoir une aspiration à la totale indépendance professionnelle et sexuelle, doublée d'une revendication d'intervention dans le champ politique. La référence à Beauvoir te frappe, car celle-ci se trouve être la contemporaine de ta grand-mère, née six mois avant elle, même si leurs vies se sont opposées en tout point et que ta grand-mère, impressionnable devant le savoir, n'aurait sans doute pas pipé mot si elle l'avait rencontrée.

Quoi qu'il en soit, elle aussi bénéficie de son intérieur moderne dès 1965, l'année où ils emménagent dans cette maison qu'après une vie de labeur ils viennent de construire à Carantec. Et si elle a déjà cinquante-huit ans, elle s'émancipe également, puisque ton grand-père lui a laissé les rênes après son hémiplégie de 1962, lui permettant enfin de faire la preuve de son intelligence affûtée, de son esprit pratique et de son bon sens.

En 1999, peu avant que ta grand-mère s'en aille, tu tombes enceinte, une expression dont ta mère t'a souvent fait remarquer qu'elle encapsule à la fois la soudaineté de la nouvelle et la chute qui en résulte, « comme tomber dans un trou », exprimant ce que tant de femmes ont éprouvé à l'annonce de leur grossesse. Là encore, ta génération innove. Pour ta grand-mère comme pour ta mère, les grossesses ont été subies, arrivées trop tôt et/ou de manière trop rapprochée (à l'exception d'une seule, lorsque ta grand-mère était enceinte de ta mère, ce qui fit aussi revenir ton grand-père, injustement mobilisé en octobre 1939, lui qui l'avait déjà été dès avril 1915 pour toute la durée de la Première Guerre), alors qu'à l'inverse tu as eu tout le temps de l'attendre, de la désirer, et que tu adores ce nouvel état.

Un peu stupéfaite, tu remarques que dans le monde de ta mère, ta grossesse est un non-événement. Tu es enceinte de plusieurs mois lorsque ton frère te jette un soir à la figure un « Tu *nous* as toujours fait chier » jamais prononcé auparavant, sans que ta mère ne démente. Ou bien c'est une de ses amies qui t'appelle pour te demander d'organiser la fête des soixante ans de ta mère à Aix – « après tout ce qu'elle a fait pour toi, ce serait bien que tu fasses enfin quelque chose pour elle ! » – alors que tu vis et travailles à Paris, où tu te prépares à accoucher. Ou c'est ta mère elle-même qui s'inscrit, pour la première et dernière fois de sa vie, dans un groupe de théâtre amateur dont les représentations tombent juste au moment du terme. De fait, elle ne pourra pas te consacrer plus de deux heures à l'hôpital après ton accouchement, car elle devra faire l'aller-retour en avion dans la journée pour jouer le soir même. Toi, tu t'en fous, tu regardes ton bébé et tu es heureuse. Tu as trente-quatre ans, c'est l'an 2000, tu es presque soulagée que ce soit un garçon.

Tandis que ton compagnon va marcher en montagne, ton bébé et toi passez ses premières semaines à Carantec. Entre ta grand-mère qui vieillit et les enfants de ton frère, ta mère est peu disponible, voire te sollicite pour garder tes neveux. Tu te baignes en général seule, surveillant du regard ton bébé laissé sur la plage dans son landau. Les vacances se poursuivent à Aix où ta mère, ton bébé dans les bras, trébuche dans l'escalier et le fait tomber. Une amie à toi vous emmène en urgence à l'hôpital où tu restes avec lui pour vingt-quatre heures d'observation. Puisque tout est normal, ta mère vient vous chercher le lendemain, mais arrive une heure en retard car elle est passée chez le coiffeur avec tes neveux pour qu'on leur coupe les cheveux. Tu quittes Aix avec soulagement, sans assister à la fête des soixante ans.

L'année suivante, lorsque le 11 septembre survient, ton fils marche depuis peu. Tu ne te doutes pas que l'événement est annonciateur de la fin du monde que tu as connu, un monde qui, vu de ta fenêtre, changeait au rythme du promeneur, un monde où l'on choisissait un métier pour une vie et où la terre ne semblait promise à rien d'irréversible. Bientôt, sa marche va s'accélérer, l'état de la planète se dégrader, les enjeux vitaux du XXIe siècle vont s'affirmer. Toi, tu regardes amoureusement ta petite famille, tu serres ton bonheur et tu vas vers ton risque.

Au second tour de l'élection présidentielle de 2002, Chirac obtient 82 % des voix contre Le Pen. Tu ne vas pas voter : tu enterres ta grand-mère.

8.

Les quatre premières années de la vie de ton enfant sont une parenthèse enchantée. Tu n'as plus peur de tomber malade (tu remarques au passage que l'on dit *tomber malade* comme *tomber enceinte*...) car ton corps, accaparé par les besoins de ton fils, n'est plus tout à fait à toi, ce qui te protège en le protégeant. Mais il grandit, la bulle protectrice éclate : tu redeviens fille de ta mère, sans la protection de ta grand-mère désormais. Au-delà de ton premier cercle, les relations interpersonnelles t'angoissent et regarder quelqu'un dans les yeux peut te mettre dans un état de tension insupportable quand enseigner devant un amphi de trois cents personnes ne te pose aucun problème. Tu aimes rester chez toi comme dans un aquarium. Tu commences une analyse.

Tu écris dans un carnet que le problème n'est pas tant que les mères veuillent du mal à leurs filles, mais que les filles veuillent à ce point leur faire plaisir. C'est l'absence de résistance des filles aux supposés désirs mortifères des mères qui est le problème, de ces filles à la fois nées trop tôt et arrivées trop tôt au bal où l'éclat de leur teint fait injure à celui de leurs mères. Tu n'as pas encore lu *Blanche-Neige*, cette incroyable pièce de Robert Walser où Blanche-Neige demande à la Reine :

Mettez-moi dans la tombe. Elle est
le cher désir de Blanche-Neige.
Rire, je n'en trouve l'envie
qu'en ce cercueil où gît ma joie.

Et où la Reine dit au chasseur :

Parle à ma place, toi. Dis donc
à cette folle et triste fille
que je l'aime et que je la hais.
Sors ton poignard. Non, pourtant, cher !
Qu'il reste au repos dans sa gaine.
Parle, c'est tout, console-la.
Dis des mots qu'elle puisse croire.

Les générations passent, les contes restent, véhiculant ces vérités que l'on cherche tant à dissimuler : l'ambivalence des mères et la faiblesse des filles, plus explicite encore dans les variantes bretonne ou celtique de *Blanche-Neige* où la fille, consciente que sa mère veut la tuer, est incapable de se défendre. Heureusement que d'autres sont là pour elle. À la demande du père de ton fils, qui veut te protéger juridiquement s'il lui arrive malheur, vous vous mariez à l'aube de tes quarante ans.

Depuis peu, tu es harcelée par une bande de petits marquis ex-maos qui tiennent le département d'économie de l'université où tu travailles et exigent la soumission de chacun et davantage encore de chacune. Tu dissimules la dimension sexuelle de l'affaire qui ne concerne que l'un d'entre eux mais pour le reste, tu portes plainte auprès des instances dirigeantes et obtiens un cessez-le-feu. Même si tu opères dans une discipline universitaire où les hommes ont, plus qu'ailleurs, conservé le pouvoir, rien de fâcheux ne t'était arrivé jusqu'alors. C'est donc la première fois.

L'horizon professionnel s'étant obscurci, tu t'es mise à regarder ailleurs, t'intéressant passionnément à l'une des figures enfantines du fameux groupe de Bloomsbury : Angelica Garnett, née en 1918, nièce de Virginia Woolf et fille de Vanessa Bell. Tu es frappée d'apprendre que tous, dans le groupe de Bloomsbury, savaient que Duncan Grant, le peintre homosexuel qui partageait la vie de Vanessa, était le véritable père d'Angelica, sauf la principale intéressée. Elle l'apprit à dix-sept ans par sa mère qui lui demanda de n'en rien dire pour ne pas peiner Clive Bell, mari légitime de Vanessa et père officiel d'Angelica, qui l'avait reconnue en connaissance de cause et la considérait depuis comme sa fille. Tu es tout aussi surprise de découvrir que tous, dans le groupe, savaient qu'Angelica s'apprêtait à épouser l'ancien amant de son père, l'homme avec lequel Duncan et Vanessa avaient été en ménage à trois au moment de sa naissance, sauf Angelica qui se jeta dans la gueule du vieux David Garnett sans qu'on la prévienne. Il te semble que cette femme a passé sa vie entière à tenter de se soustraire à l'emprise de sa mère, tout en démêlant l'écheveau compliqué de ses origines. Lorsque tu rencontres la vieille dame, tu vois en elle une petite fille emprisonnée dans une cage de vieux os. Tu le prends comme un avertissement.

Justement, ton analyste insiste pour que tu accèdes au dossier de tes hospitalisations de nourrisson puisque c'est désormais possible. Pour formuler ta demande, tu dois d'abord savoir où tu as été soignée. Tu questionnes donc ta mère qui te raconte la mise en couveuse (tu n'étais pas prématurée, mais tu n'avais pas crié tout de suite et tu étais presque immobile), le tire-lait pour te nourrir, ta sortie après un mois d'existence durant lequel elle n'a pu te voir qu'à travers une vitre derrière un guichet, la deuxième hospitalisation d'une semaine pour des examens complémentaires et les médecins qui, au bout de trois ou quatre mois, ne savent toujours pas si tu seras normale ou pas. Arrive la fin de l'été 1966 à Carantec où « tout le monde est enfin rassuré » et en septembre, on te met à la crèche puisque ta mère travaille et que tu as pris des forces. Tu fais alors une mastoïdite qui risque de te faire perdre l'ouïe d'un côté, et tu es de nouveau hospitalisée en octobre, dans une chambre stérile où tu hurles ta détresse, toi le bébé d'habitude « très facile ».

Tu n'ignores pas que ta naissance a correspondu à un pic de crise entre tes parents, mais cette fois, tu en profites pour demander des précisions. Tu apprends que leur couple s'est mis à dérailler à partir de septembre-octobre 1965 (ta jeune mère de vingt-cinq ans était enceinte de cinq mois) lorsque ton père est devenu interne à Dreux et qu'il a eu une liaison avec une infirmière. Ta mère l'a vite identifiée et, en visite à l'internat, l'a « mise minable au Scrabble », à défaut, penses-tu, de pouvoir la battre sur un autre terrain, avec son gros ventre où tu te tricotais dans sa colère. Puis est venu l'accouchement, ton père arrivant de Dreux en se plaignant d'être fatigué et d'avoir mal à la tête, ce à quoi elle aurait répliqué : « Barre-toi car je n'ai aucune envie de t'entendre te plaindre. » Il n'était donc pas là quand elle a accouché, après dix-sept heures de travail.

Bref, ce fut une période très dure pour elle, entre un bébé malade, un tout petit garçon et un mari absent qui n'arrivait ni à faire face à la situation ni à l'aider, ce qu'elle avait honte d'avouer à son entourage. Et même s'il n'a jamais été question qu'il la quitte et vous abandonne, cette période représente « une cassure importante » entre eux dont ils n'ont plus reparlé ensuite, évitant aussi les conflits sur d'autres sujets (il est vrai que tes parents ne se disputaient pas), sauf qu'à partir de là elle s'est sentie « toute seule pour élever ses enfants », devenant une mère « sans doute trop présente ». Ta naissance te semble donc inaugurer la chronique de la mort annoncée d'un mariage, conclue dix-sept ans et demi plus tard par l'annonce, dès que tu as eu ton bac, de leur séparation qui surviendra finalement deux ans après.

La part manquante du récit, tu ne l'apprends que lorsque ton dossier est exhumé des archives, où tu découvres que tu es née malgré une tentative d'avortement à un mois et demi de grossesse qui a échoué, ce que tu étais la seule à ne pas savoir puisque ton frère était au courant de ce secret si bien gardé. Tu comprends désormais mieux ce « Tu nous as toujours fait chier » qu'il t'a jeté à la figure lorsque tu étais enceinte : avec ta naissance, non seulement ton frère a dû souffrir du changement d'humeur de ta mère qui craquait, non seulement le couple de tes parents s'est fracturé, mais c'est ton existence même qui a causé cette cassure alors que personne ne désirait ta venue.

Désormais, ni ton père ni ta mère ne peuvent plus se soustraire à tes questions. Tu apprends ainsi que, trouvant cette deuxième grossesse prématurée, ils ont pris la décision ensemble, puis ton père a demandé à l'un de ses copains médecins de venir poser une sonde dans l'utérus de ta mère car lui ne l'avait jamais fait, et qu'il l'a assisté.

Le couple allait encore bien et voulait profiter de sa jeunesse. Tu n'arrives pas à savoir s'ils ont pensé ou non que ça avait marché. Tu te souviens de cette scène d'un livre où le grand-père explique au petit-fils qui enquête sur ses origines que, tant que l'on ne sait pas, on ne peut pas oublier : si l'on veut pouvoir oublier, il faut commencer par savoir. Tu as plus de quarante ans. Tu aurais préféré que l'on réponde à tes questions lorsque tu rêvais de bébés dans des œufs que tu cassais et faisais frire à la poêle, ou du nourrisson en haut d'une branche, qui mourait de faim et de soif parce que tu étais incapable de le nourrir. Si l'on ne t'a rien dit, apprends-tu, c'est que ton père, voulant te protéger, avait mis son veto. Durant tout ce temps, tu as dû composer avec ton vécu de nourrisson et avec tous ceux qui savaient et qui, voulant dissimuler le secret, en projetaient l'ombre à leur insu, dans le regard qu'ils portaient sur toi. Tu comprends mieux à présent le fol intérêt qui t'a poussée vers Angelica Garnett.

Les années passent, ton fils grandit, tu enseignes, tu écris des livres, vous faites du bateau. Globalement, tu aimes ce que tu fais. Tu es consciente d'avoir de la chance. À part tes migraines, tu es en forme. Chaque année, on surveille tes seins et tout semble s'être stabilisé. Ce deuxième enfant que tu désirais tant, tu y as renoncé, même si ton mari avait fini par en accepter l'idée pour te contenter, au passage de tes quarante ans. Tu n'es plus si jeune, il l'est encore moins : le vieux gynécologue qui vous reçoit te rappelle avec délicatesse qu'en ce qui te concerne, le risque n'a pas disparu.

Tu ne le sais pas encore, mais tu t'en rapproches. Quatre ans ont passé, tu en as quarante-six et ton fils douze. Tu perds un sein, tes cheveux, puis l'autre sein à ta demande, pour que ça ne recommence plus. Tu es fatiguée des opérations, de cette surveillance constante depuis tes dix-huit ans. Tu as toujours eu peur de la maladie, mais depuis qu'elle est là tu es calme, très calme même. Tu comprends qu'il faut l'accompagner poliment vers la sortie plutôt que lui déclarer la guerre. Tu repenses à l'échelle horizontale d'Antony : saisir un barreau, l'autre, puis l'autre encore, sans tomber. Tu respires, tu prends du plaisir à vivre chaque jour. Ton mari t'accompagne et vous fêtez chaque étape. Durant les deux ou trois ans de ce passage délicat, tu refuses obstinément de voir ta mère. Tu ne te souviens pourtant pas d'avoir écrit, dix ans plus tôt, dans un carnet, que tu aimais la maladie parce qu'elle te rapprochait de ta mère. Tu ne veux même pas lui parler au téléphone. Tumeur mammaire = tu meurs ma mère, entendras-tu dix ans plus tard dans un colloque. C'est peut-être cela que tu fais : tuer ta mère en toi, et son désir mortifère (supposé). Être à ce point en danger t'aide à assumer ton égoïsme, à garder ton cap et ta concentration. Tu gères tes angoisses, bien moindres finalement que celles auxquelles tu faisais face dans l'enfance. Tu guéris. L'oncologue te dit : « Vu votre pathologie, c'est une chance que vous n'ayez pas eu de fille. » Tu souris.

Les années passent, tes cheveux repoussent. Surgissent *MeToo* et la question du consentement, l'année où ton fils passe son bac. Tu es maintenant de l'autre côté de la barrière, à discuter avec lui de ce qu'un garçon peut ou ne peut pas faire. Tu découvres que pénétrer dans son sommeil la fille avec laquelle on est en couple est potentiellement un viol puisqu'il n'y a pas eu de consentement. À ton époque, à l'inverse, c'était une pratique normale, si tu en crois ton expérience et celle de tes copines interrogées pour l'occasion. Toi, cela ne te posait aucun problème : si tu n'en avais pas envie, tu repoussais le garçon et tu te rendormais. Cette interprétation nouvelle t'étonne donc, même si tu es d'accord avec ton fils sur le fait qu'à partir du moment où elle est communément admise, poursuivre cette pratique ne revêt plus du tout la même signification qu'à ton époque où elle était considérée comme normale. Lorsqu'il avait quinze ans, tu étais au contraire choquée par la manière hyper sexualisée dont les filles de son âge se mettaient en scène sur les réseaux sociaux. À l'époque, tu te disais que c'était peut-être la banalisation des images pornographiques qui les conduisait à mimer des postures et des manières d'être qui n'étaient pas les leurs, quand ta génération sans modèle avait tâtonné dans le noir, à son rythme, pour trouver sa propre gestuelle amoureuse et sexuelle. Tu vous croyais plus libres qu'elles, mais tu te dis soudain que vous avez peut-être manqué de courage et de discernement, refusant de voir combien le corps des femmes restait pris au piège de l'objectivation masculine, et laissé la charge de se battre à la génération suivante.

En juin, ton fils participe au spectacle de théâtre du lycée. « Quel joli temps pour se dire au revoir, quel joli soir pour jouer ses vingt ans », chante Barbara tandis que la troupe salue. Tu es émue. Une période se clôt, une autre s'ouvre. Tu changes enfin d'université.

9.

Tu approches désormais de la soixantaine. Ta mère, elle, a dépassé les quatre-vingts ans. Tu l'admires toujours autant, même si vous vous tenez davantage à distance, vous gardant désormais de mélanger vos vies. Quand tu vois la souplesse de son pas, sa capacité inentamée à voyager, jardiner, réparer sa maison, recevoir, aller au cinéma, au théâtre, aux expositions, lire, manifester, réaliser des films documentaires (activité à laquelle elle se consacre avec talent depuis qu'elle est à la retraite), tu es bluffée et rassurée sur le fait que la vieillesse n'est pas forcément un naufrage.

De manière générale, tu es de plus en plus consciente de ce que ta lignée de femmes t'a apporté. Tu as constaté depuis longtemps que tes copines dont les mères étaient restées au foyer ont manqué de modèle maternel dans le monde du travail, ayant plus que toi tendance à s'y noyer, ou à renoncer à se battre pour obtenir les avancements mérités, ou à attendre de leur conjoint qu'il leur assure une position sociale tout en sachant pourtant que ce modèle-là était dépassé, la structure familiale étant désormais trop fragile pour lui sacrifier sa carrière. Pour toi au contraire qui as vu ta mère travailler, qui avait vu sa mère travailler, qui avait vu sa mère travailler, etc., il était normal d'articuler le travail avec les autres pans de ta vie et de ne pas raboter ton ambition professionnelle au profit de ta famille ou de tes collègues masculins.

Ta mère ne t'a jamais laissée penser que tu étais moins intelligente que les hommes – répétant par exemple que, si ton frère était meilleur en physique, tu étais la plus douée en maths –, ou que tu devais te consacrer davantage aux tâches ménagères, veillant au contraire à ce que votre participation soit strictement égale. Avant même la parution en France de *Du côté des petites filles* d'Elena Gianini Belotti, elle a été consciente des représentations que véhiculaient les jouets et a favorisé ta construction loin des codes de la femme-objet à laquelle tu ne t'es jamais sentie obligée de ressembler, d'autant qu'elle-même était un contre-modèle dont tu pouvais constater chaque jour qu'il n'avait rien à envier au modèle sur le plan de la séduction. Cela t'a aidée plus tard à ignorer les stéréotypes sur les filles dites « intellos » que ta génération était à deux doigts de considérer systématiquement comme mal baisées.

À ce propos, tu es entrée dans la sexualité sans culpabilité, munie de l'avertissement de ta mère selon lequel rien n'était honteux ou sale pourvu qu'on le désire, et même ta grand-mère, pourtant si pudique, te confiera plus tard que ton grand-père avait été « un sacré amoureux » et qu'ils avaient été heureux ensemble, « même s'il n'y avait pas les facilités qu'il y a maintenant » (comprendre la pilule) : les jours de congé, il leur arrivait de boire un peu de champagne dans leur chambre à l'heure de la sieste, ce qui devait faire pas mal d'effet à ta grand-mère qui ne buvait jamais. Ta « petite pomme ridée », née en 1907, n'a donc pas complètement hérité de ce XIXe siècle qui érigeait la frigidité des femmes en vertu et où l'on conseillait aux hommes, pour leur santé, d'éjaculer vite pour ne pas se dépenser trop. Il semble au contraire, même si elle ne l'aurait jamais dit ainsi, qu'elle a eu accès au plaisir sexuel, ce qui te ravit. Quant à l'avortement auquel « aucune femme ne recourt de gaieté de cœur », pour reprendre les mots célèbres de Simone Veil, il te semble que ta lignée t'a aidée à l'assumer, grâce encore à ta mère qui t'a dit d'emblée y avoir eu recours, et à ta grand-mère dont tu sentais bien qu'elle n'aurait pas porté de jugement, même si c'est seulement bien après sa mort que tu apprendras qu'à elle aussi ce serait arrivé.

Ta lignée de femmes t'a également armée pour ne pas être victime plus qu'il ne faut du patriarcat : si tu n'y as pas complètement échappé dans le travail, ni ton père (choisi par ta mère) ni ton mari (choisi par toi) n'ont cherché à te brider ou à te brimer. Finalement, la personne que tu as le plus combattue dans ta vie, c'est ta mère et ses injonctions réelles et supposées, à moins que ce ne soit elle, encore une fois, qui t'ait entraînée à la détermination, puisqu'il te fallait trouver l'énergie suffisante pour t'opposer à son charme, son entregent, sa volonté et ses copains, mobilisés de conserve lorsqu'il s'agissait de te faire plier.

Tu as parfois l'impression d'appartenir à une « génération Prince Charles », ce qui te semble paradoxal car si Charles III a passé sa vie dans l'ombre d'Élisabeth II, sa mère et sa souveraine, il appartient aussi à cette génération – ceux qui avaient entre vingt et trente ans en 1968 – qui a tant surplombé la vôtre, peut-être parce qu'elle a inventé la jeunesse comme catégorie sociale avec ses codes, sa musique, ses bandes de potes et l'a considérée ensuite comme un caractère identitaire propre, percevant ceux qui venaient après comme de potentiels agresseurs qui voudraient le lui voler.

Peut-être touches-tu là ce que la génération de ta mère a de spécifique, au-delà d'une rivalité mère-fille si commune qu'on la raconte partout depuis des siècles, de l'Irlande à l'Asie Mineure, que ce soit dans *Blanche-Neige* ou dans ses variantes, rassemblées sous le code AT 709 – 709 étant le numéro et AT signifiant Aarne-Thompson, nom donné à cette classification qui ordonne les contes populaires traditionnels en contes-types circulant un peu partout sous des formes proches.

Outre ces combats du féminisme vaillamment remportés, dont ta mère a toujours veillé à ce que tu bénéficies, cette génération s'est peut-être construite sur la maldonne d'une promesse d'éternelle jeunesse, promesse d'ailleurs davantage tenue pour les hommes que pour les femmes, le regard de la société sur leur vieillissement étant infiniment plus bienveillant, sans compter la possibilité qui demeure pour eux et non pour elles d'avoir des enfants sur le tard, avec des femmes bien plus jeunes.

Tu n'as pas été non plus une fille parfaite. Tu soupçonnes que ta mère t'aurait voulue plus souple, plus légère, plus douce, plus drôle, moins brutale, moins frontale, moins indocile, plus dans la forme et moins dans le fond (comme elle te le répétait lorsque tu étais enfant) et tu remarques au passage que tu as oublié de mentionner le cancer du sein de ta mère après la mort de la sienne, ainsi que la radiothérapie qui s'en est suivie, à une de ces périodes où vous étiez fâchées et où tu ne t'es absolument pas préoccupée d'elle. De toute manière, tu ne cherches ici à accabler personne. Ce texte, tu l'as écrit pour raconter en minuscule, au plus près de ce que tu as vécu et compris, le processus d'émancipation des femmes sur trois générations, dans une famille française ordinaire, et pour évoquer toujours en minuscule le lien complexe entre les filles et leur mère, un lien qui te semble aussi solide, clair et doux que liquide, sombre et violent et où la grand-mère, qui est aussi la mère de la mère, desserre parfois les nœuds, adoucissant le vertige du face-à-face. Toi, tu ne sais pas quelle mère de fille tu aurais fait, mais tu as longtemps regretté de ne pas avoir ce deuxième enfant que tu imaginais forcément fille, jusqu'au jour sans doute où l'oncologue t'a dit qu'au vu de tes antécédents, c'était sans doute mieux ainsi.

En ne donnant pas naissance à une fille, tu as interrompu une lignée constituée uniquement de femmes : tu as eu une mère qui a eu une mère qui a eu une mère qui a eu une mère, jusqu'à la nuit des temps, et tu pourrais prouver à l'aide d'un raisonnement mathématique par récurrence que cette lignée de femmes depuis la nuit des temps et qui s'achève avec toi existe bel et bien. Des milliers et des milliers de lignées aboutissent à toi, mais celle-là précisément, la seule uniquement constituée de femmes, c'est toi qui la conclus. Quand tu vois les jeunes femmes d'aujourd'hui, tu es heureuse de constater qu'elles sont nombreuses à avoir compris des choses que ta génération, te semble-t-il, n'avait pas perçues, trop occupée à s'installer dans le cadre de victoires acquises par les générations précédentes et à prouver qu'il était possible de tout conjuguer (le boulot, les enfants, la vie amoureuse et sexuelle, etc.). Ces jeunes femmes, lorsqu'elles refusent de se conformer à certains diktats sur leur corps, et à l'objectivation qui va avec, mènent un combat pour davantage de liberté, y compris, aurais-tu envie d'ajouter, la liberté de jouer à l'objet sexuel si ça leur chante et quand ça leur chante. Tu as été étonnée d'apprendre qu'elles utilisent de moins en moins la pilule, lui préférant des modes de contraception moins médicalisés comme le préservatif ou le stérilet (qui totalisent à eux deux 41 % des choix, contre 33 % pour la pilule), et qu'en moyenne, en France, une femme sur deux avorte une fois dans sa vie, une statistique qui n'a quasiment pas bougé depuis les années 1980.

Toi qui avais tendance à croire que le droit à l'avortement était solidement installé dans les pays occidentaux, tu as déchanté lorsque la Cour suprême des États-Unis a annulé l'arrêt *Roe* vs *Wade* reconnaissant ce droit au niveau fédéral, ce qui a entraîné l'interdiction de l'avortement dans plusieurs États, ou lorsque tu as entendu qu'en France, selon une enquête du planning familial, de plus en plus de femmes étaient obligées de faire de longs trajets en voiture pour y avoir accès car elles ne trouvaient plus de centre le pratiquant à proximité de chez elles. À dire vrai, avant de conclure ce récit, tu avais occulté le fait que ce droit n'existe quasiment plus en Pologne depuis 2021, et tu ne savais pas qu'il était peu appliqué en Italie du fait de l'« objection de conscience » des médecins, en dépit d'une loi de 1978 qui l'autorise. « Les facilités qu'il y a maintenant » comme disait ta grand-mère (comprendre le droit d'avorter) restent donc bien fragiles.

Ta grand-mère… Tu as été très émue lorsque l'un de tes cousins l'a évoquée en citant cette magnifique chanson de Jean Ferrat :

Elle n'a vu dans les dimanches qu'un costume frais repassé
Quelques fleurs ou bien quelques branches décorant la salle à manger
Quand toute une vie se résume en millions de pas dérisoires
Prise comme marteau et enclume, entre une table et une armoire

Faut-il pleurer, faut-il en rire ? Fait-elle envie ou bien pitié ?
Je n'ai pas le cœur à le dire, on ne voit pas le temps passer.

Bénéficiant des combats des générations précédentes, tu n'as pas été « prise comme marteau et enclume entre une table et une armoire ». Mais, même en ayant connu le vaste monde et la caresse du vent du large, tu n'as pas vu le temps passer.

SOURCES ET CITATIONS

En exergue

La citation de Virginia Woolf est tirée d'une lettre à Janet Case du 19 novembre 1919, citée par Jane Dunn dans *Virginia Woolf et Vanessa Bell : Une très intime conspiration*, Éditions Autrement, Paris, 2005, p. 329.

La citation de René Char est tirée du poème « Hommage et famine » du recueil *Seuls demeurent* in *Œuvres complètes de René Char*, Bibliothèque de la Pléiade, Gallimard, Paris, 1983, p. 147. Je me suis permis d'ajouter un « s » à femmes.

Chapitre 1

Sur les filles Cheval de feu, il y eut à l'époque deux articles de la très sérieuse revue *Population* qui étudiaient les anomalies démographiques des années 1906 et 1966 au Japon (les années Cheval de feu ne revenant qu'une fois tous les soixante ans), cf. BIRABEN Jean-Noël, « L'année "Cheval et Feu" », *Population*, 23e année, nº 1, 1968, pp. 154-162 ; BIRABEN Jean-Noël, « Quelques précisions sur l'année "Cheval et Feu" », *Population*, 24e année, nº 1, 1969, pp. 119-123.

Sur l'âge moyen au premier enfant, cf. DAGUET Fabienne, « L'évolution de la fécondité des générations nées de 1917 à 1949 : analyse par rang de naissance et niveau de diplôme », *Population*, 55e année, n° 6, 2000, pp. 1021-1034 ; VOLANT Sabrina, « Un premier enfant à 28,5 ans en 2015 : 4,5 ans plus tard qu'en 1974 », *INSEE première*, n° 1642, 27 mars 2017.

Sur la loi Neuwirth et le pourcentage de naissances non désirées ou non planifiées ou « on n'y pensait pas », cf. RÉGNIER-LOILIER Arnaud, LERIDON Henri, CAHEN Fabrice, « La loi Neuwirth quarante ans après : une révolution inachevée ? », *Population et Sociétés*, 2007/10, n° 439, 2007, pp. 1-8.

Les propos de Michel Legrand sont tirés du film *Les demoiselles ont eu 25 ans*, documentaire d'Agnès Varda de 1993.

Chapitre 2

Sur l'évolution des décès dus à l'avortement, cf. DUMONT Gérard-François, LEGRAND Jean, « Évolution récente du nombre des décès déclarés dus à l'avortement », *Population*, 36e année, n° 2, 1981, pp. 410-414.

Sur les premiers avortements réalisés par la méthode Karman, et l'épisode dans l'appartement de Delphine Seyrig, cf. PAVARD Bibia, « Genre et militantisme dans le Mouvement pour la liberté de l'avortement et de la contraception. Pratique des avortements (1973-1979) », *Clio*, 29, 2009, pp. 79-96.

Chapitre 3

Sur l'origine de l'expression « métro-boulot-dodo », on peut se reporter à l'entrée Wikipédia du même nom.

Sur la périurbanisation dans les années 1960, cf. Rapport 2021-2022 de l'Observatoire des territoires, *D'une France rurale à une*

France urbaine: les conséquences de l'exode rural. Territoires et transitions: enjeux démographiques, cahier n° 1, 2021, pp. 27-32.

L'article cité du journal *Le Monde* est daté du 16 novembre 1985. Il est signé par Danielle Rouard et s'intitule « Manosque en proie à l'insécurité au racisme et… au Front national ».

Sur les taux d'emploi des hommes et des femmes de trente ans en 1974 (donc nés en 1944), cf. MARTIN Henri, « Après plusieurs décennies de forte progression, le taux d'emploi des femmes commence à stagner en France », *Population et Sociétés*, n° 606, 2022.

Chapitre 5

J'ai cherché les traces de cette naissance en direct à la télévision, que j'ai finalement trouvées dans un article du journal *Le Monde* du 3 septembre 2005 d'Antoine Bardet, intitulé « Naissance en direct ». J'ai appris à cette occasion que le bébé était une petite fille, qui a donc aujourd'hui plus de quarante ans.

Chapitre 6

Sur le pourcentage de filles à l'INSA de Lyon, cf. COMPEYRON Arielle, BAILLE Jacques, FRUCHARD Émilie, « La diversité des élèves ingénieurs à l'INSA de Lyon: données et problèmes », 2009, halshs-00787161.

Chapitre 7

Sur l'augmentation de la fréquence des divorces entre 1970 et 1993, cf. SARDON Jean-Paul, « L'évolution du divorce en France », *Population*, 51e année, n° 3, 1996. pp. 717-749.

La lettre citée de Madame de Sévigné à sa fille, Madame de Grignan, est datée du 6 avril 1672. On peut la trouver dans *Lettres choisies* de Madame de Sévigné, édition présentée et annotée par Nathalie Freidel, Folio, Gallimard, Paris, 2016, pp. 122-128.

Les résultats de l'enquête de 1965 à Plozévet sont relatés dans *La métamorphose de Plozévet* d'Edgar Morin, Librairie Arthème Fayard / Pluriel, Paris, 2013 (première édition en 1967). Sur la controverse qui s'ensuivit, et le fait que certains habitants crurent que Morin suggérait que les femmes de Plozévet « faisaient le pavé », cf. https://www.ina.fr/ina-eclaire-actu/la-controverse-de-plozevet-ou-comment-edgar-morin-se-mit-a-dos-des-bigoudens

Chapitre 8

Les passages cités de *Blanche-Neige* de Robert Walser proviennent de l'édition bilingue José Corti, Paris, 2001 (traduction de Hans Hartje et Claude Mouchard), p. 79 et p. 83. C'est dans le dossier complémentaire de cette même édition (établi par Fabienne Raphoz-Fillaudeau) que j'ai trouvé les variantes celtique et bretonne.

Chapitre 9

Sur les normes en matière de sexualité à la fin du XIXe siècle, cf. LE BOULANGER Isabelle, *À l'origine du féminisme en Bretagne : Marie Le Gac-Salonne*, Rennes, Presses universitaires de Rennes, 2017 (en particulier pp. 27-29). Cette figure de Marie Le Gac-Salonne (1878-1974) m'a particulièrement intéressée, car née à Morlaix et passée par les Ursulines comme ma grand-mère, même si presque trente ans les séparent. J'y ai trouvé cette citation de l'historienne des femmes et du genre Christine Bard selon laquelle « Le XIXe siècle a érigé la frigidité féminine en vertu » (p. 29). J'ai également consulté Robert Muchembled,

L'orgasme et l'Occident : Une histoire du plaisir du XVIe siècle à nos jours, Seuil, Paris, 2005, en particulier le chapitre 5.

Sur les problématiques corporelles du féminisme nouvelle génération, cf. notamment FROIDEVAUX-METTERIE Camille, *La révolution du féminin*, Folio essais, Gallimard, Paris, 2020 et *Le corps des femmes : La bataille de l'intime*, Paris, Philosophie magazine éditeur, 2018.

Sur les différents modes de contraception, cf. « Contraception. À chacun et chacune sa méthode », publication de l'INSERM du 23 janvier 2023. Les données qui y sont citées sur les modes de contraception utilisés proviennent du baromètre santé 2016, dernier baromètre à traiter de la santé sexuelle des Français : https://www.santepubliquefrance.fr/determinants-de-sante/sante-sexuelle/documents/enquetes-etudes/barometre-sante-2016-contraception-quatre-ans-apres-la-crise-de-la-pilule-les-evolutions-se-poursuivent

Sur le refus de la pilule par les jeunes femmes, cf. https://www.huffingtonpost.fr/life/article/la-generation-no-pilule-revendique-une-contraception-sans-souffrance-non-polluante-et-egalitaire_109935.html

Sur le nombre moyen d'IVG par femme, de 1976 à 2021, cf. https://www.ined.fr/fr/tout-savoir-population/chiffres/france/avortements-contraception/avortements/

Sur l'enquête du planning familial, non encore publiée au moment où j'écris ces lignes, cf. https://www.radiofrance.fr/franceinter/les-francaises-encore-confrontees-a-des-difficultes-pour-acceder-a-l-avortement-5996497